女生必讀

美容養生
之秘本

黃願瑾

目錄

Chapter 10 慎用的外用中藥

Chapter 11 內服的美容品——傳統古方美容

Chapter 12 中藥美容注意事項

序

　　女人與其話害怕踏入下一個年齡層，説白一點，其實是害怕年齡背後出現的變化。在女性的腦入面，好像天生植入了一個程式。年齡愈上升，戰鬥力就愈下降。而且不是相對地下降，而是某階段的急速下降，快過玩「跳樓機」。

　　這一種的恐慌性思想，是深層次的。

　　無論你平日是自我感覺良好型，日日飲心靈雞湯做早餐。但當生日吹蠟燭那刻，總會有點點嘆

息，又老一年了！如果許願會成真，你可能寧願犧牲不食生日蛋糕不聽恭祝你福壽與天齊，年年都十八或二十二。

但世上除了天氣不似預期，身體都一樣。每個月都經歷着紅河氾濫，基建做得不好，預計不到何時會提早抽乾塘，所以身為女人點可以懶？除了研究今季哪個牌子出的粉底遮瑕力最強，更要了解身體入面出現了甚麼變化。正所謂知己知彼，才能百戰百勝，要成為一枝花定「爛茶渣」，全取決於自己。

當二十歲過後，身邊有人問起年齡時，大多數都答二十幾、三十幾、四十幾，以「幾」去取代準確的個位數字。對於我來說，每個十年都是一個關口，正所謂人生有幾多個十年？但在傳統中醫思想上，「七」才是女人的變化。

經典中醫理論著作《黃帝內經 • 素問》第

六十一篇「上古天真論」中的「上古」，指人類早期生活時代；「天」，指先天；「真」，指真氣，也代表元氣。這篇講述腎氣為先天之本，從人體的生長、發育、生育至衰老的整個生命過程的轉變及演化。

女子

七歲，腎氣開始旺盛，頭髮生長速度會加快，牙齒由乳齒更換恆齒。

十四歲，天癸發育成熟，任脈通暢，太沖脈旺盛，月經來臨。

二十一歲，腎氣平穩，發育成熟，長出最後的智慧齒，停止增高，發育期結束。

二十八歲，身體頂峰階段，骨骼肌肉等身體機能都最強壯，最適合生育。

三十五歲，身體開始慢慢走下坡，出現皮膚鬆

弛，頭髮容易脫落。

四十二歲，氣血虛弱，面色暗淡無光，出現皺紋色斑，頭髮開始變白等老化表現。

四十九歲，月經停止，不再有生育能力，器官陸續出現退化，慢性疾病開始浮現。

然而，這是否百分百反映每個人呢？當然不是。

相信以前和現在的生活模式，都有很大的差異。再者，經後天日積月累受到外界各種因素，如壓力、飲食不節、煙酒、長期睡眠不足等影響，也會加速衰老，而適當的護膚、醫學技術、健康飲食、保健品、運動等，都有助延緩衰老。誠然，沒有醜女人，只有懶女人，我們擁有的本錢每日扣減，要留住青春的秘密，延緩衰老，不被年齡所標籤及局限，我們就要學懂如何保養自己。

Chapter 1

皮膚與臟腑
關係

我們的皮膚狀態會受到多種因素所影響，當中有外界環境如紫外線、空氣的污染、溫濕度的變化、化學品等。而因體內變化所造成的各種皮膚問題，除了因年齡的轉變，身體機體功能下降，皮膚組織呈現的老化外，西方醫學多認為是荷爾蒙轉變，而中醫學認為與臟腑氣血有密切的關係。

《黃帝內經‧靈樞》的本臟篇也講述「視其外應，以知其內臟，則知所病矣。」說明一個人五臟六腑及陰陽氣血的健康狀況全會反映於外在表現。

　　我們常見的問題有皮膚暗啞、色斑、油光、皺紋、乾燥、炎症、粉刺、白頭髮等等。

　　本章先介紹一下各種問題與臟腑之密切關係：

皮膚暗啞——與心有密切關係

- 心主血和脈。

- 心氣和心血各司其職。

- 心血乘載着營養物質。

- 心氣負責推動心血於血管內運行，並把營養物質傳送至全身。

- 面部是血脈最為豐富的部位，故從面部的光澤就能反映出心臟的健康。

- 心血氣充裕，血脈健康，面色會顯得光澤紅潤。

- 心氣不足，心血少，面色就會顯得暗啞淡白。

色斑——與肝有密切關係

- 肝主疏泄。

- 肝氣能疏通調暢全身的血流量和氣機。

- 與西方醫學所指身體中新陳代謝功能的意識相近。

- 肝虛，新陳代謝較差，色素容易積聚，形成色斑。

油光——與脾胃有密切關係

- 平日飲食不節，進食過多肥膩煎炸辛辣冰冷的食物，傷及脾胃。

- 脾主運化水液。

- 脾功能受損，容易聚積水液成濕，鬱而化熱，引起濕熱。

- 外溢皮膚，刺激面部油脂分泌，使油光滿面。

- 油脂堵塞更會進一步引起暗粒、暗瘡等其他皮膚問題。

皺紋——與脾胃有密切關係

- 脾胃乃後天之本，氣血生化之源。

- 脾胃好像一個「榨汁機」。

- 我們放食物／水果入去，把其消化轉化後，榨出的果汁就是營養物質，中醫稱之為水穀精微，水

穀精微轉化成氣血，滋養我們的身體。而渣滓就是未能消化吸收的物質，中醫稱之為濁，濁會經二便排出體外。

- 脾胃健康，營養吸收得好，體形會堅壯強實與飽滿。相反脾胃差，營養吸收不良，體形會消瘦如柴，俗稱「食極都唔生肉」。

- 脾虛，則肌肉鬆弛，無彈性，容易產生皺紋。

乾燥——與肺有密切關係

- 肺主皮毛，與皮膚、汗腺、毫毛等組織有關。

- 肺氣充裕，能把營養物質和水份宣發至皮毛，滋養肌膚，皮膚就顯得潤澤。

- 燥邪侵肺，使津液虧損，使皮膚水份下降，出現乾燥問題。

- 嚴重會引起痕癢、脫皮及皮膚破裂。

炎症——與肺有密切關係

- 肺主負責將衛氣宣發至體外循行於皮膚之中，成為一道保護層，抵禦外邪入侵，增加皮膚的抵抗力。

- 肺虛弱，失去衛氣這道屏障，就容易受到外界如污染物、致敏原、細菌等刺激及影響，從而產生一連串自動防禦性的生理反應。

白髮──與腎有密切關係

- 腎其華在髮，頭髮反映腎的健康。

- 腎氣充足，則頭髮茂盛、烏黑、粗壯、光澤。

- 腎氣虧虛，則頭髮稀疏、枯燥、容易斷落。

脫髮——與心有密切關係

- 心生血、脈，氣血互生，髮為血之餘，血脈對頭髮的重要：頭髮依靠毛囊周圍的毛細血管，形成豐富的血管網和血管叢提供營養給毛囊及頭髮。同時氣與血互相依存，互相資生，互相影響。

- 氣虛，沒有動力推動載有營養物質的血到達毛囊細胞。

- 血虛，沒有多餘營養供養給頭髮。

- 毛囊頭髮缺乏營養，自然容易斷裂及脫落。

Chapter 2

四季影響

春、夏、秋，冬四季陰陽消長有着不同的轉變，我們也應該順應着變化對身體作出不同的調養，皮膚也一樣。

春季

萬象更新，動植物也開始復甦，氣溫開始暖和，自然界中的陽氣開始生發，微風幫助種子散播，空氣中的濕度也會升高，外界濕氣偏重。傳統中醫認為，春季與肝有相關，所以春天應養肝同時健脾，有助增強肝主疏泄及藏血的能力，同時有助去除春天濕氣偏重，體內積濕使人出現嗜睡、易疲倦、頭重重和四肢乏力的不適。

所以傳統養生建議大家多出去散步，吸收大自然的陽氣，流流汗幫助散失濕氣，同時有助肝的疏泄功能，肝與情緒也有密切關係，肝疏通，心情自然舒暢，氣血也得到良好的循環。

　　皮膚方面，如果沒有好好養肝健脾，體內容易積濕，使皮膚油脂分泌增多，容易堵塞毛孔，引起毛孔粗大、暗瘡等皮膚問題。氣血循環欠佳，容易引起色素沉澱，出現面色暗沉、黑眼圈、唇色偏深、色斑等問題。同時春季風邪為患，若皮膚的免疫力不足，風邪侵襲肌表，容易引起皮膚痕癢及過敏。同時春天養好肝，肝開竅於目，肝血充足，雙眼明亮有神，濕潤有度，黑白分明，也會減少黑眼圈出現。

四季美容養生法寶

春季

抽濕機

控制室內相對濕度，保持最佳 60%-70% 範圍，減低細菌、霉菌、塵蟎、真菌的滋生繁殖，有助減低引發皮膚敏感等皮膚問題。

清爽保濕產品

當空氣中的相對濕度高於 80％時，應開始轉用一些油脂性較低及中效的保濕產品，避免塗抹多餘的產品，而令皮膚造成更多負擔。

生熟薏米水

生薏米有較強的清熱利水及排膿功效,較適合小便偏黃、上火、生瘡痘和身熱的人士。而熟薏米有較強的健脾,較適合體質較弱,飲食經常寒涼生冷的人士。可按當日的身體狀況,不同比例混合煲水飲用,能舒緩春季潮濕的天氣所帶來頭重重、水腫和疲睏欲睡等反應,同時薏米具有美白的功效。

夏季

氣溫最炎熱的時期，大自然界中陽氣最為旺盛，暑熱特別容易使人心情容易變得煩躁，因夏季屬火，同時夏季與心臟有密切關係，火與心向，心主神明，容易令思緒出現煩亂、失眠、多夢、心悸等不適。此時，大家也喜歡以冷飲解除悶熱的不適，同時夏天伴着雨季的來臨，身體也容易因經常飲冷，而傷及脾胃，脾的運化水濕能力下降，體內外的濕邪入侵及被困，容易引起胃口失佳、腹脹腹瀉。

所以傳統養生建議大家避免長時間留在戶外，因暑熱令汗液大量流失，容易傷及正氣和津液，使體力下降疲倦，正好午睡小休，補充體力及靜養心神。避免過份貪涼飲冷，應以補充水份為主，食物以「清」為道。

皮膚方面，夏季皮膚腠理疏開，濕熱之邪容

易入侵皮膚，特別容易使皮膚出現紅腫、發熱、小水泡等不適，再加上流汗，汗液長時間停留皮膚表面，對皮膚造成刺激，引起痕癢不適。如果還飲冷會傷及脾胃。如遇雨季，外因內因雙夾雜，體內出現濕困，會誘發油脂分泌增多，濕熱侷促的環境有助細菌滋生，會惡化暗瘡及其他皮膚病問題。夏季要養好心，心主血脈，而面部的血脈最豐富，所以心氣血好，面部能反映出面色紅潤的光澤。

四季美容養生法寶

夏季

退熱貼

　　夏日高溫炎熱，大家都寸步不離冷氣房，但長時間會影響身體，容易出現頭痛、着涼、水腫、疲倦等問題，特別對於老人家、體質虛寒、氣管過敏、血液循環不好、月經期間的人士。同時低溫低濕的環境下，容影誘發皮膚乾燥發癢。善用退熱貼，貼於頸後、大腿內側、額頭等位置，能有助降溫帶來冰涼感，同時不會阻礙身體自然排汗降溫機制。

控油保濕產品

有研究顯示，每當氣溫升高一度，皮膚油脂分泌量會增加 10%，故夏季特別容易油光滿面。適當使用控油保濕產品，調節及吸附皮膚表面上過多油脂，減低毛孔堵塞，有助舒緩夏日容易引起粉刺、暗瘡、毛孔粗大等皮膚問題。

綠豆水

綠豆是民間消暑食材，具有清熱消暑、利尿消腫及潤喉止渴的功效。能舒緩夏日高溫炎酷所引起的煩燥、胃口不佳、身熱、口渴不止的狀況，同時幫助身體排走因飲冷，涼冷氣所引起體內積聚的濕，舒緩水腫、身重疲倦的狀況。但體質及脾胃較虛寒、月經期間的人士不易飲用。

秋季

氣溫逐漸由炎熱轉為陰涼的時段，大自然中萬物開始斂收，陽氣漸收，陰氣漸長。雨水也變少，天氣開始乾燥，燥邪首要侵襲肺部，耗傷人體的津液，引起鼻乾咽乾，同時肺主皮毛，與肌膚有密切關係，皮膚會乾燥繃緊，容易敏感及痕癢。

所以傳統養生建議大家好好養肺，以滋陰生津為主，當肺氣充足，會宣發至身體外層，形成衛氣，增強身體防禦能力，預防病邪。而陰津是身體中重要不可缺少的部份，當津液輸佈於皮膚，能滋潤皮毛肌膚、當輸注於關節，就能潤滑關節、輸流入孔竅，能轉化為眼淚、鼻涕、口水等、當進入體內，就能滋潤臟腑、當流入血脈，就形成血液的重要的一部份。

皮膚方面，秋季若能養好肺氣，有助我們將身體內的氣血和津液源源不斷地宣發輸送到皮膚外

表，肌膚和毫毛得到滋養，皮膚細膩水潤。反之，肺虛弱的人士，肌膚會較乾燥、沒光澤、毫毛乾旱或枯燥等。

四季美容養生法寶

秋季

高度補濕產品

空氣相對濕度低於 50％，皮膚水分開始流失，出現乾燥、繃緊感和乾紋。秋季應轉用保濕較高的精華素及滋潤度較高的乳霜，能長效保濕同時幫助肌膚鎖住水份不流失，形成保護屏障。

髮尾油

不單止皮膚，頭髮經常電燙及漂染，髮絲的毛鱗片嚴重受損，長期處於張開及脆弱狀態，加上秋季天氣乾燥，內部水份大量流失，髮絲變得更毛躁打結開叉，特別是髮尾位置，

離頭皮較遠的頭髮部位，因天然油脂不足而特別毛燥，善用髮尾油，補充養分，滋潤髮絲，形成保護膜。

雪梨水

雪梨具有清熱止咳、滋陰潤肺的功效，有助舒緩秋燥容易出現口渴乾咳、皮膚繃緊、鼻乾流血等反應。更可配搭上蜜糖、無花果、蘋果、杞子等食材。需要注意如脾胃較虛寒，容易腹脹肚瀉的人士應避免飲用。

冬季

氣溫最嚴寒的時期，大自然中動植物也閉藏，以適應寒冬。人體中的陽氣也同樣潛藏於內，不可耗散陽氣。若體內的陽氣不足，寒邪容易入侵，引起怕冷、手腳冰冷、腹部冷痛、筋骨疼痛、頭痛等不適。

冬季與腎有密切關係，腎主生長、生殖及水液代謝，故冬季把握時機養好腎，骨骼強健、容易生孕、大小便排泄正常。如果腎虛，會加快衰老、容易腰膝痠軟、牙齒易脫落、耳鳴、二便排泄不正常、容易氣喘，嚴重更會不育不孕。

所以傳統養生建議大家好好注意保暖，小量輕微的運動，有助生陽散寒，但避免進行過於出汗的激烈運動，以阻止陽氣外泄，同時冬天可選擇進食「黑色」的食物，如黑芝麻、核桃、黑豆、黑木耳等補腎的食物。

　　頭髮方面，冬季若能養好腎，腎藏精氣，精氣更旺盛，能化為血滋養毛髮，毛髮就有光澤順滑、強韌、豐盛濃密、烏黑等。故觀察頭髮也可反映出腎臟：如果毛髮枯黃、乾燥、容易折斷、脫落、難以生長及出現白髮，證明腎的精氣在衰退。

四季美容養生法寶

冬季

沐浴油

天氣寒冷，淋浴時的水溫不知不覺也偏高，容易洗掉皮膚表面的油脂保護層，皮膚越洗越乾。選用沐浴油較一般的淋浴乳性質溫和，具有保濕能力，雖然洗淨能力沒有這麼強，但能減低過度清潔掉皮膚上天然的油脂保護屏障。特別適合冬季乾燥的環境，使皮膚出現粗糙、脫屑、痕癢的狀況。

保溫貼

寒冷氣溫容易使身體末梢血液循環不順暢，而引起手腳冰冷及手麻腳痺。善用保溫

貼，貼於頸後大椎、肚臍下方、膝蓋後方、腳底的位置，能有助消除寒意，增加血液循環，同時舒緩肩頸膊痛、腸鳴、經痛、關節僵硬等狀況。

薑茶

生薑具有發汗解表，祛風散寒的功效。早上一杯薑茶，有助溫暖脾胃，增加血液循環，醒神及預防感冒作用。更可配搭上紅棗、黑糖、檸檬、牛奶等不同食材。但需要注意體質屬陰虛火旺的人士；如手心腳心發熱出汗、心煩氣燥、咽乾口苦和發熱人士不易大量服用。

Chapter 3

生理週期

影響

女生於月經前或月經期間，皮膚會變差，容易長暗瘡、毛孔變得粗大、面色暗沉，以及心情方面也會出現焦慮或煩躁等情緒起伏，這些都是源於體內的荷爾蒙的轉變，它們影響着女性生理期的時間，同時也影響着皮膚的狀況。

當卵子沒有受精，體內的荷爾蒙會出現變化，雌激素遞減，雄激素遞增，子宮內的血液及內膜組織會脫落排出體外，大約 4-7 天的時間。而血液中的雄激素水平較高，會使皮脂腺分泌增多、皮膚角質代謝較差，使皮膚出現泛油、粗糙、暗啞、毛孔粗大，同時毛孔容易造成栓塞，而出現暗瘡的皮膚狀態，這就是月經期間的皮膚會變得較月經前後差的原因。情緒方面，因雌激素參與神經調節的功能，所以當分泌減少，也會容易引起失眠、緊張和焦慮等情況。

　　而傳統中醫學認為，生理期的經血是由陰血所形成，月經期間經血的流失，氣會同時跟隨流失，當體內的氣血較虛弱，我們的體力便會較差，抵抗力也會下降，同時陰血主要有滋潤身體內各個臟腑及皮膚的作用，所以月經期間也會出現面色較為蒼白，皮膚較乾燥，皮膚容易敏感的情況。而肝在生理期間，擔當着重要的疏泄的作用，當肝臟調整暢通全身氣機、血液、水份的作用異常，稱為肝鬱氣滯，則會出現循環變差，色素容易沉澱，特別在眼周皮膚較薄的位置，及出現經痛、乳房脹痛、水腫等不適，所以應加強注意腹部至下肢的保暖及不應進食寒涼及冰冷食物，寒有凝結的性質，容易引起凝血滯血，不通則痛，容易引起各種月經不適。及肝具有調和情緒的功效，當肝的疏泄暢順，則身心舒暢，相反肝失疏泄，肝氣鬱結，就會出現抑鬱及煩躁等情緒波動的現象。而月經期間，胃口變差，食少腹脹，原因是肝的疏泄功能

也有助促進脾胃消化，一旦肝的疏泄功能異常，脾胃運化也受影響，故出現食少胃脹、胃口較差等現象。

心情影響肝的功效，肝的盛衰同樣影響心情，故月經期間應保持放鬆，避免過度緊張或精神壓力過大。同時根據傳統中醫學理論，在晚上的 11 點至凌晨 3 點，氣血循行於肝膽經，這段時間若不休息睡覺，肝臟會受到影響，容易引起肝氣鬱結或肝火旺盛等病理現象，使皮膚新陳代謝變差而造成各種皮膚問題，及眼睛容易起紅筋、瘀澀、腫脹等。所以應早睡早起，並有充足睡眠。於平日皮膚護理應加強保濕控油，可使用防敏配方，如角質較厚，也可適量使用溫和的去角質產品。注意適當的潔面，避免化妝品及防曬產品殘留毛孔。期間也應避免進食過於油炸及鹽份太高的食物，避免刺激加劇油脂分泌及水腫情況。

月經結束後，體內的雌激素開始遞升，誘發子宮內膜重新生長及卵巢濾泡成熟。這時雌激素同時促進皮膚的新陳代謝及血液循環，使皮膚回復穩定狀態、油脂分泌減少、幼嫩、細滑、有光澤。於這穩定的

皮膚狀態，可按照平日的保濕皮膚護理程序，同時可按需要，選擇使用一些美白功能性的保養產品。於飲食方面，可以多選擇一些滋陰補血的食物，如紅豆、紅棗、菠菜、黑芝麻、當歸、枸杞子、牛肉等，補充月經期間流失的陰血，改變經期後的血虛症狀，有助改善皮膚乾燥，更有助於下一次的月經能更暢流。

到達排卵期至月經期間前，雄激素分泌開始漸漸上升，雌激素分泌則呈現波段變化。皮膚上因而開始變得不穩定，油脂分泌開始增加，這時應開始注意適當的清潔護理。同時這段期間分泌的黃體激素有減緩子宮收縮的作用，但反之同時也抑制腸道的收縮蠕動，而引起經期前便秘問題。大便積聚腸道，經腸內菌群分解後產生內生性毒素，這些毒素排出受阻，會被運送至全身，通過皮膚向外滲溢，使皮膚出現過敏、瘙癢、暗瘡、濕疹、粗糙、

色素沉澱等各種皮膚問題。傳統中醫學理論也同樣指出，大腸與肺相表裏的關係，在生理病理上也互相影響，當大腸功能變差，肺臟主理調理皮膚、汗腺、油脂腺及毫毛等皮毛的功能也會受影響，使皮膚防禦能力下降及出現各種皮膚不健康的狀態。所以於這段期間，可適當按摩腹部、多飲水及進食含豐富纖維素的蔬菜水果、補充益生菌等幫助腸道蠕動。

Chapter 4

不同體質
的表現

找出屬於你的體質，
對症養生，事半功倍！

平和體質

皮膚狀況	其他症狀
細緻	精神飽滿
光澤	體力充沛
水潤	睡眠質素良好

平和體質屬健康狀態，其體內的正氣充裕、陰陽及氣血達至平衡。只需保持良好生活習慣，就能做到。

心理方面，保持正面思想、心境開朗、減少思慮。飲食方面，進食定時、不偏食、多菜少肉、調味應少鹽少甜少油、少食生冷辛辣肥膩、每天喝 6 - 8 杯水、減少高糖份飲料。運動方面，每天不少於 1 小時的中等至劇烈的體能運動，當中包括無氧運動，如重量訓練、阻力訓練等，以及有氧運動，如慢跑、游泳、跳繩、踏單車等。作息方面，定時有序、充足睡眠、每晚 11 時前休息。皮膚方面，做足防曬、正確清潔、選用適當的保養品。謝絕吸煙、酗酒及毒品。健康的平和狀態就能一直維持，達至延年益壽。

濕熱體質

皮膚狀況	其他症狀
油光滿面	口臭
多暗瘡粉刺	水腫
面色偏黃	眼睛多紅筋

飲食方面，以清熱祛濕、補健脾胃、清肝利膽的食物為主。適宜多食一些瓜豆類，如冬瓜、苦瓜、綠豆、扁豆、薏米、山藥等。少食一些如燒烤、火鍋、炸物、辣椒、芒果、荔枝、龍眼、榴槤等食材。

生活上應多做運動，排汗是良好的排毒方法，有助去除體內的積濕，同時皮脂線分泌的油脂與肝腺分泌的汗水混合，達到滋潤及補水作用，達到水油平衡，改善油多滿面的情況。

日常護理方面，建議選用具有控油功效及質地較清爽的產品，調節油脂分泌同時避免對皮膚造成過多負擔，但需注意產品內酒精成份比例，因酒精會刺激暗瘡肌，有機會使皮膚更敏感脆弱。同時每一星期進行一次溫和的深層清潔，能保持毛孔通暢，減低暗瘡粉刺的機會。

痰濕體質

皮膚狀況	其他症狀
面色偏黃及灰暗	多汗
摸上去黏滋滋油膩	易疲倦
浮腫	易腹脹

飲食方面，以清淡利濕、補脾藏的食材為主。適宜多食用紫菜、海帶、扁豆、薏米、赤小豆、山藥、芡實等。避免進食高油高鹽高糖及生冷食物，以清淡為主要。

痰濕型表現濕重及停滯的特性，體態多數呈肥胖，容易疲倦少動但多汗。除了飲食上的配合，建議平日應多做運動，但應選擇較溫和的運動類型，如散步、瑜珈、健身舞等，因痰濕型平日已容易大汗淋漓，過於劇烈的運動使出汗情況更加嚴重，容易耗氣傷津，適量低強度的運動能加速身體新陳代謝及循環，改善痰濕體質。日常護理方面，也建議選用具有控油及止汗的產品，有助舒緩症狀。

氣鬱體質

皮膚狀況	其他症狀
面色蒼白	胸悶
皮膚乾燥	咽喉有異物感
易長斑	憂鬱

飲食方面，以行氣解鬱的食材為主。適宜多食用白蘿蔔、薄荷、陳皮、山楂、柑橘類，及飲用芳香的花茶如：玫瑰、桂花、薰衣草、菊花等。

情緒會影響身體的五藏六腑及氣血運行，起伏的情緒容易致病，氣鬱症體質於情感上，常見較敏感多疑、憂鬱多慮，工作及家庭具很大壓力，思慮過多會使氣滯鬱結，運作不暢通。好好利用「情志養生」保持正面樂觀態度，多聆聽輕鬆的音樂、冥想靜坐等，有助放鬆繃緊的情志。及多做適量的運動，有行氣活血作用，增加血液循環，蒼白的面色自然有所改善。

氣鬱的體質，氣的宣發不暢順，身體最外層的衛氣不充裕，皮膚容易受到外界的刺激所影響，出現敏感及痕癢等問題。日常護理方面，應盡量選用成份簡單、低刺激性，不致敏、溫和的產品。

氣虛體質

皮膚狀況	其他症狀
面色蒼白	少氣懶言
易敏感	乏力易喘
皮膚痕癢	靜止時也容易出汗

飲食方面，適宜多吃一些補氣健脾的食材，如小米、馬鈴薯、山藥、栗子、糯米、粟米、南瓜、大棗、白朮、黨參、黃芪、人參等。盡量少吃一些傷脾耗氣的食物，如辣椒、大蒜、花椒、胡椒等辛散食材；魚生、沙津、凍飲、雪糕等生冷食材；肥肉、油炸、動物內臟、奶油等肥膩食材；白蘿蔔、薄荷、山楂、芫荽等耗氣食材。

氣虛人士的衛氣不足，衛氣像身體最外層的保護層，一旦不足，身體及皮膚的抵抗力就會偏差，易出汗，風、寒等外邪容易入侵體內，致患外感，故氣虛人士應注意保暖，穿着合適厚度的衣服，出汗應及時擦乾及更換乾爽衣服。運動方面，宜選性質溫和類，如散步、踏單車、跳舞、瑜珈等，以微汗身溫為度，避免體力過度勞動致大汗淋漓，耗氣津脱。日常護理則宜用低敏、不刺激的護膚品，因氣虛人士的皮膚防禦力較差，易受外界的不良刺激而致痕癢及敏感的情況。

陰虛體質

皮膚狀況	其他症狀
皮膚乾燥	手心腳底發熱
容易產生皺紋	睡眠時易出汗
欠彈性	易口乾

　　飲食方面，以滋陰清熱的食材為主。適宜多食雪梨、木瓜、百合、蓮子、雪耳、蓮藕、海底椰、黑棗、玉竹、麥冬等食材。減少進食火烤油炸、辛辣等易上火的食物。每天應攝取約 2,000 毫升的總水量，以溫水為主，每次以小量及緩慢的方式飲用。每天補充足夠的水份才能讓所有器官運作良好及補充到皮膚裏，否則水份進入體內已被其他器官所吸收，未能到達皮膚，皮膚出現缺水情況，變得繃緊、乾燥、出現細紋、嚴重會脫皮。同時睡眠時間也很重要，避免捱夜，因日照屬陽、夜晚屬陰，晚上 11 時至 1 時的陰氣最旺盛，這時身體處於休息狀態，能滋補養陰。

　　而日常護理選用高補水成份的精華素，如甘油、尿酸、膠原蛋白、B5 等，當中透明質酸性質溫和，小分子更可滲透至真皮層，補充水份撫平細紋。

陽虛體質

皮膚狀況	其他症狀
面色蒼白	手腳冰冷
暗瘡顏色暗淡	怕凍
暗瘡不易起發，難癒合	易腹瀉

　　飲食方面，以溫補助陽的食材為主。適宜多食韭菜、粟子、核桃、龍腰眼、辣椒、花椒、羊肉、牛肉等食材。減少進食生冷、涼茶等寒涼食物。日常生活盡量減少長期處於冷氣房狀態，多到戶外曬曬太陽，這時女生可把頭髮束起，讓陽光能照射到頸背位置，背部為陽中之陽，含多個穴位及經絡，能補陽散寒。同時散步、行樓梯、做一些伸展運動等一些中等強度的運動，讓身體溫暖起來，有微汗，就已經有補陽作用，因「動則生陽」，日常生活中也有很多「生陽」的機會。

　　日常護理方面，陽虛的暗瘡，面積較大，釀膿時間長，膿頭也不會外露，復原時間較長。日常也是做好基本清潔，減少污垢油脂堆積在皮膚底層形成發炎，及定期採用溫和去角質產品，減低老化角質堆積皮膚表層，造成阻礙膿物排出。

血瘀體質

皮膚狀況	其他症狀
唇色偏紫深	經血暗紅有血塊
皮膚常有瘀青	經痛
黑眼圈	易有靜脈曲張

飲食方面，以活血祛瘀的食材為主。適宜多食山楂、黑木耳、黑豆、生薑、玫瑰花、當歸、川芎等食材。減少進食肥膩甘厚的食物，如肥肉、蟹膏、動物內臟、油炸食物等。

氣血運行不暢通引致血瘀，除了飲食的配合，日常生活應多動，可刺激體內循環及新陳代謝，同時避免長期處於冷氣，溫度低的環境，寒有凝聚的特性，應保持室內溫暖及身體保持暖和。適當的按摩與推拿，當中運用推、按、掐、滾、揉、摩、搓等手法，能疏通經絡，刺激穴位、促進氣血運行循環。

特稟體質

皮膚狀況	其他症狀
容易過敏	容易受外界刺激而產生哮喘
容易泛紅	容易受外界刺激而產生咽癢
容易痕癢	容易受外界刺激而產生噴嚏

飲食方面，以益氣固表的食材為主。適宜多食番薯、馬鈴薯、糯米、防風、山藥、黃芪、靈芝等食材。減少進食容易致敏食材，如奶類及其製品：牛奶和芝士、海鮮類：蝦和蟹、堅果類：花生和杏仁、麩質：小麥和大麥等食材。

日常生活盡量避免接觸致敏原，如塵蟎、蟑螂、花粉、黴菌、動物毛屑、化學物品等，保持居家環境清潔及除塵，經常更換及清潔毛巾、地氈、窗簾、床上用具等，採用 60 度以上的高溫清洗殺菌。

日常護理應採用成份較簡單的產品，留意產品標纖，避免使用具有致敏性、致癌性、刺激性高風險的產品，如酒精成份高、加入大量防腐劑、香料、穩定劑、可能干擾內分泌的化學物、高鹼性、高酸性、人造色素及介面活性劑等。

57

Chapter 5

中藥
美容

自古以來，將中藥應用於美容及化妝方面，已經有着數千年的歷史記載。古代後宮佳麗三千，人人爭風鬥豔，當然各有美容秘方，去保持最佳狀態，等待着皇上寵倖的機會。相傳武則天的神仙玉女散、慈禧的玉容散、楊貴妃的玉紅膏、太平公主的桃花紅膚膏、永和公主的洗澡秘方、西漢皇后趙飛燕的飛燕木蘭丹，這些宮廷秘方當中的成份也離不開中藥。

而在傳統中醫的美容理論中，經常利用中藥以內服外用兩種方式，內服是透過調理五臟六腑的機能與經絡氣血的運行，外用是透過直接作用於局部的肌膚表層，經皮膚吸收作用，達到養顏美容的效果。

直到 2015 年中國藥典，已共收載 166 種外用的中藥。一部份的中藥已明確記載外用功效和主治，而有些是透過內服功效去指導臨床外用。

市面上一些的美容產品會添加合成色素、人造香料、防腐劑、重金屬、致敏化學原料等，消費者長期使用會對肌膚造成負擔和傷害，容易引起皮膚刺激性或過敏反應。

而天然植物性中草藥所製作的各種美容產品，則利用中草藥本身的天然色素（紫草——紫色）、香味（玫瑰味）、防腐作用（黃連黃柏）及中草藥特定的療效，使肌膚得到滋養和保護。

亞洲地區國家如日本、韓國、台灣等地，都積極利用天然草本配合現有的科學技術生產出不同功效和類型的漢方美容產品。因此，我們日常使用的洗髮水、淋浴露、潔面皂膜、面霜、精華液、保濕噴霧等產品都已暗藏不少中藥成份。

Chapter 6

常見中藥
之美容功能

保濕

保濕是保養皮膚的首要任務，水潤肌膚表現出健康柔嫩、細緻飽滿的狀態，乾燥的肌膚則顯得粗糙，出現細紋脱皮、發癢枯燥的狀態。

我們皮膚的含水量，由內至外逐漸減少，表皮的最內基底層含水量可達 70%，而最外層的角質層含水量受到多種因素影響，包括年齡、天氣、清潔方式、護膚用品、飲食習慣等所影響。

- 年齡的增長，使皮脂腺及汗腺的分泌量也開始下降，能降低水份蒸發的皮脂膜對皮膚的覆蓋能力也相對下降，皮膚水份容易向外流失。

- 當空氣的濕度偏低，皮膚中的水份也會容易被蒸發。

- 不正確的清潔方式，如用過熱的熱水清洗皮膚、使用去污能力過強的清潔液、過度頻繁

地清洗皮膚及經常使用磨砂產品等，都會嚴重破壞表層的正常皮脂膜及洗走細胞間的脂質及水溶性的天然保濕因素，影響皮膚的保水能力，使含水量下降。

- 護膚過程中使用含酒精成份過高的產品，酒精的揮發會帶動皮膚水份的蒸發，導致角質層含水量快速下降。

- 每日飲水量不足及經常進食辛辣及濃鹹的食物等飲食習慣，也會增加體內的水份消耗。

要保持皮膚角質層含水量的最佳狀態，應維持在 20-35% 之間。含水量足夠，角質細胞能正常代謝，就能建立一道鞏固的屏障，起阻礙水份向外流失及外來刺激物侵襲皮膚的作用。相反，含水量不足夠，角質細胞代謝異常，無法自然脫落，厚厚地堆積在皮膚表面，阻塞毛孔，就會造成肌膚負擔。

而現代研究顯示，某些中藥的活性成份如：活

性多糖有很好的吸濕性，能夠有效提高皮膚保水的能力。

含保濕功能的常用中藥

紫草、蘆薈、麥門冬、杞子

抗老

皮膚鬆弛及出現皺紋就是衰老的徵狀，自由基與衰老有直接的關係，空氣污染、吸煙、紫外線、加工食品、酗酒、化學物質等是外在誘發因素。而內在因素如壓力、作息不定、情緒起伏等都會增加自由基的產生，自由基能引起細胞的氧化損害及凋亡，特別是我們面積最大的皮膚，時刻受到陽光中紫外線照射，更快加速皮膚衰老。其實我們的身體有清除自由基和修復受損細胞的能力，就是抗氧化劑和細胞內的超氧化物歧化酶（SOD）。但當自由基大量產生，身體積聚更多的自由基時，就會對細

胞造成損害。

　　有研究顯示中藥的活性成份，具有清除體內自由基，提高超氧化物歧化酶（SOD）活性，增強人體的抗氧化能力，提高皮膚膠原纖維及膠原蛋白含量等作用。其中研究指出冬蟲夏草中的蟲草多糖，就能增加細胞的抗氧化能力，有延緩衰老的效果。

含抗老功能的常用中藥

紫草、珍珠粉、人參、麥門冬、
陳皮、玫瑰花、杞子、黃芪

美白

所謂「一白遮三醜」，十個女仔有九個都追求亮白的肌膚，後天使皮膚顏色變深變黑，是與黑色素有關。當我們防曬做得不足夠，陽光中的紫外線照射皮膚，紫外線就會刺激黑色素細胞，活化當中的酪氨酸酶活性，促進黑色素原料——酪胺酸合成為多巴，再轉換成為黑色素，存在於皮膚基底層的細胞之間，對皮膚起一個自我保護作用。

如果黑色素局部沉澱聚合，再經由細胞代謝一層層由基底層推進到表皮層，就會形成色斑的情況。

現時市面上美白功效的產品，不同的成份針對不同的階段：有些是抑制黑色素製造反應、阻止造成黑色素形成的成份、促進黑色素分解、阻止黑色素向表皮層推進及加快皮膚的新陳代謝。

某些中藥的活性成份，現代研究顯示以抑制酪氨酸酶活性，從而阻礙黑色素的形成。

含美白功能的常用中藥

紫草、蘆薈、當歸、甘草、薏米、

牡丹皮、玫瑰花、絲瓜絡

瘡痘

皮脂腺分泌的皮脂，能保護皮膚及防止水份流失。但當雄性荷爾蒙過高、進食辛辣刺激的食物、天氣炎熱、皮膚水份不足等都會增多皮脂的分泌，同時遇上過厚的老廢角質、空氣污染物及殘留的化妝品等阻塞毛孔，封閉的環境就有利於厭氧的痤瘡桿菌生長，導致瘡痘的形成。

有研究顯示某些的中藥活性成份的抗痘功效，源於有廣泛的抑菌及抗炎作用。

含抗瘡痘功能的常用中藥

珍珠粉、青黛、艾葉、紫草、金銀花、蘆薈、

丁香、地榆、甘草、玫瑰花、黃芩、絲瓜絡

烏髮

白頭髮會給人一種衰老的感覺，引起白髮的成因複雜，受到遺傳、老化、疾病、壓力、營養缺乏、化學品刺激、頭皮受損等多種因素所影響，導致毛囊黑色素減少，出現白髮。

原來，頭髮原本就是白色的，只是在頭髮生長的過程中，毛囊內的色素細胞產生黑色素，但黑色素可分為兩種，一種為真黑素，另一種為褐黑素。真黑素令頭髮烏黑，褐黑素令頭髮顏色偏淡。亞洲人偏向生成真黑素，故我們有一頭黑髮的特徵，而西方國家的人偏向生成褐黑素，故擁有一頭金髮及紅髮。所以當負責產生色素的黑色素細胞老化、黑色素原料——酪胺酸不足、啟動黑色素生成的反應受抑制，導致黑色素分泌減少，頭髮就會開始變白。

現代研究顯示，某些中藥的活性成份，能對促進黑色素生成的酪氨酸酶有顯著的啟動作用。

含烏髮功能的常用中藥

製何首烏、側柏葉

生髮

相信大家都知道頭髮對外表美觀的重要性，無論女性每次洗完頭、吹頭或梳頭時都出現頭髮散落滿地的情境或是年過中年，頭髮開始稀疏，出現 M 字額或髮線向後移的情況，都會暗地裏感到擔憂。

其實頭髮脫落是正常的新陳代謝，稱之為脫落期，我們的頭髮總共約有 10 萬條，處於這階段的頭髮大約佔全頭的一成，基本每日會脫落 50 到 100 條頭髮。但我們看起來還有一頭豐盛的美髮，是因為大部份八成的頭髮都是處於活躍的生長期，壽命更長達 6-7 年，所以如果不定時修剪，頭髮有機會長達 90 公分。其餘一成的頭髮慢慢步入退行期，頭髮會停止生長，營養不能再輸送到毛髮，處於垂死的狀態。

　　微細血管、營養及荷爾蒙，是決定頭髮健康及正常新陳代謝的其中因素，每個毛囊周圍都有豐富的毛細血管網及血管叢，良好的血液循環有助營養物質送到每個毛囊及頭髮。所以傳統中醫都經常提醒我們，沒事多梳頭或按摩頭皮，能疏通經絡，改善血液循環、調節神經功能及促進皮脂分泌。血液循環有助營養物質傳送，調節神經系統能阻止因神經系統失調，而令毛囊周圍血管收縮，阻礙營養運送，影響頭髮健康及生長。而皮脂正常分泌有助保護頭皮受外界細菌或刺激物所影響及防止頭皮水份的流失，減低出現頭皮乾燥、癢瘡及脫屑的問題。

　　而荷爾蒙方面，正常的荷爾蒙使毛囊再次進入生長期，但如果女性荷爾蒙及男性荷爾蒙比例失衡，會令毛囊繼續處於休眠狀態，不會長出新的頭髮。同時對於有脫髮遺傳歷史的男性來說，男性荷爾蒙 DHT 會較影響前額及頭頂位置的頭髮，令頭

髮的成長期縮短，毛囊出現萎縮，新的頭髮變得幼弱，會出現脫髮情況。

現代研究顯示，某些中藥具有促進毛髮生長的作用。

含生髮功能的常用中藥

生薑、製何首烏、當歸、人參、側柏葉、黃芪

Chapter 7

常見中藥
外用劑型

中藥水煎液

　　中藥水煎液為最普通及常用的外用方法，水是通用的溶劑之一，容易溶解很多物質及攜帶分子。坊間也流傳很多外用中藥水煎液配方，如金銀花煲水，把適量水加入金銀花先浸 15 至 20 分鐘，待中藥材有足夠時間吸收水份，有效成份更有效地溶出，隨後大火煎至沸騰，轉為小火再煮 10 至 15 分鐘後，完成倒出水煎液，放涼至溫度平和，則可進行浸洗或用毛布濕敷於患處，有舒緩皮膚痕癢的功用。一般煎藥的成份以芳香、質輕及草本為主，其含揮發性成份偏多，避免因長時間加熱而破壞有效成份，故煎藥的時間會較質硬、礦石類為主的中藥材的時間較短。

　　而中藥水煎液進行外用，可選擇浸洗、沖洗、沾藥液濕敷或輕擦患處等方法。傳統中醫常利用剛煮好的藥液，高溫所釋出的蒸氣進行熏蒸，其後才

進行沖洗等，因蒸氣能疏通皮膚腠理，打開毛細
孔、軟化角質、行氣血，有利其後藥液滲透入皮膚
及病邪從皮膚表層散發，達更佳的治療效果。

研磨粉末

　　自原始時代，人類已學懂利用一些植物，簡單研碎後直接塗或按壓於患處，有助止血、止痛或傷口癒合，這已是中藥外用發展的最原始階段。慢慢發展到研磨粉末後，可根據臨床實際需求，選擇添加一些水、酒、醋、蜂蜜和植物油等賦形劑進行調配。古代皇后妃子最愛用的珍珠粉就是其中一例，把珍珠磨成粉末添加蜂蜜塗敷皮膚上如面膜一樣，養顏美肌。或是利用煆牡蠣、煆龍骨磨粉，製成簡單的止汗粉，有助保持皮膚乾爽。

酊劑

　　酊劑是把中藥材用規定濃度的乙醇（酒精）提取或溶解而製成的清澈的液體，是一種非常有效用於提取精華成份的製劑。當中的溶劑──乙醇更可作為消毒劑及防腐劑，70%-78% 的乙醇能最有效使細菌、真菌和病毒等微生物脫水及凝固，最終使蛋白變質及破壞微生物的表面，達到殺菌作用。也能抑制細菌生長，達到防腐作用。故市面上不少的美容產品，如爽膚水、化妝水等也含乙醇成份，但因酒精相對較為刺激及容易使皮膚乾燥，所以皮膚較脆弱及敏感人士需要多注意。

軟膏劑

軟膏劑是臨床外用於皮膚上使用最多的劑型之一，軟膏劑是藥物與適宜基質均勻混合，製成有一定稠度的半固體外用製劑。其基質就如載體，藥物可以溶解、也可以分散於載體當中，基質可分為油脂性、水溶性、乳劑型及凝膠劑基質。不同比例的油和水混合，形成不同形態，當中含油脂成份最高為：油膏＞乳膏＞乳霜＞乳液＞不含油的溶液及凝膠。

不同形態適合不同的皮膚需要，含油脂成份較多的軟膏，適合較為乾燥及角質較厚的皮膚，含水成份偏多的軟膏，則較適合需清爽及使用範圍較大的皮膚。

軟膏劑一般都不易融化、能均勻、細膩和當中具一定程度的黏性，有助塗敷於皮膚上，同時也起到隔離及保護皮膚的作用，避免外來環境刺激和

細菌感染，有助皮膚加快修復。含紫草成份的紫油膏就是軟膏劑其中一種，具有清熱涼血、解毒透疹功效，臨床上也主要用於瘡瘍、傷口難癒等皮膚情況。

手工肥皂

在我嫲嫲年代，説一塊肥皂已有很多用途，洗澡、洗頭、洗衣服、洗手、洗碗幾乎都是只靠一塊肥皂就足夠了，慢慢發展下去，把一塊肥皂再次分成洗頭有洗頭水、洗澡有淋浴露、洗手有洗手液、洗衣服有洗衫液、洗碗有洗潔精等。近年來大家又開始提倡多用手工肥皂，其實兩者都是用來作清潔，而它們有清潔的能力，都是來自有親水及親油的特性，當溶解在水中，親油基會包圍及乳化油脂污垢，接着另一端親水基向外抓住水分子，令污垢隨水一同帶走。

而製造原理很簡單，就是油脂與鹼液之間產生皂化的化學反應，生成肥皂及甘油。一般常用的油脂為植物油，如橄欖油、棕櫚油、椰子油等等。鹼液一般為氫氧化鈉或氫氧化鉀的水溶液。

但原來現用的清潔用品，為了大大提升洗淨能

力，通常會抽走皂化反應後產生的天然甘油，再添加化學香精和介面活性劑。而把原有的天然甘油成份製成更高價的化妝品及保養品。而手工肥皂則保留了天然甘油的滋潤，不額外添加介面活性劑、起泡劑等其他化學物質，故清潔的同時也能保護保養皮膚，也不會過度清走皮膚油脂及接觸過多化學物質。

　　而含中藥成份的手工肥皂就是在製作過程中加入中藥細粉、中藥液或其提取物，為肥皂加添不同的功效，針對及配合不同皮膚的需要。

Chapter 8

常見的
美容產品

潔面品

相信大家一定有聽過「潔面是護膚的第一步」之類的說法，但是如果潔面得不恰當，反而令皮膚變得愈來愈差，由護膚變了傷害肌膚。所以潔面有幾大重要事項需要注意：皮膚的狀態、潔面產品的類型、當中成份、潔面的時間、次數及潔面時的水溫。皮膚是身體重要及最大的器官，它形成一道保護層，幫助抵禦外在環境的各種傷害，保護身體的健康。當中環境天氣的溫度濕度變化，如炎熱及潮濕的環境，皮膚會自動啟動天然防禦機制，皮膚會釋出汗水，幫助散失熱能，保持體內的熱平衡。但隨着汗水的蒸發，汗水當中含氯化鈉、鉀、鈣、尿素及乳酸等物質長時間停留在皮膚表面，會刺激皮膚引起不適。同時高溫及潮濕的環境會使皮膚油脂分泌旺盛，造成皮膚油膩，容易與外界環境中的灰塵等污染物黏附，阻塞毛孔，及油脂有助皮膚上的

細菌繁殖滋生。所以我們應針對現時的皮膚狀態，而選擇一些較為清爽、能產生泡沫的洗面產品，因細膩的泡沫較易深入毛孔，有效清潔積蓄的多餘油脂及污垢，屬於較高清潔能力的產品。而天氣較為寒冷及乾燥，會加速皮膚上水份的流失，皮膚會容易出現繃緊及痕癢，這時候應選擇清潔能力較低及溫和的潔面產品。

同時應留意產品內會否過度添加一些香精、色素、表面活性劑、防腐劑、重金屬、游離甲醛、水楊酸、甲醇、異甲醇等容易對皮膚造成刺激及產生皮膚過敏的化學物質。盡量選擇成份較為簡單，功效單一的產品。

基本使用潔面產品清洗面部的次數為每日早晚兩次，如油脂分泌較旺盛，可簡單利用清水洗面。過度清潔會適得其反，過度洗走皮膚作保護的正常油脂層，皮膚的防禦能力變弱，同時皮膚上的水份

容易散失，令皮膚容易出現乾燥、痕癢及敏感的情
況。同時使用的水溫，不應太熱或太冷，水溫應介乎
30 度左右，簡單先利用手背測試水的溫度，不應有
熱燙感及冰涼感。其後如使用含泡沫的洗面產品，
應先把小量洗面產品放於掌心中加適量水或使用有
助起泡的小工具，使其充分起泡，才塗於臉上，清
洗過程也應輕輕按摩皮膚即可，避免因過度用力拉
扯皮膚，從而增加對皮膚的刺激，特別是有暗瘡、
傷口及敏感的肌膚及增加產生皺紋的機會。每局部
的位置以打圈方式按摩 2-3 次則可，避免潔面時間太
長，潔面產品長時間停留臉上而引起刺激。其後確
保面上的潔面產品完全清洗乾淨，沒有任何殘留，
特別是鼻子的邊緣、髮際、下顎的位置，最容易忽
略。最後利用乾淨的毛巾或紙巾，以輕輕印壓的方
式，吸走臉上多餘的水份。

卸妝產品

化妝品可說拯救了不少的女生，幫助我們修飾掩蓋瑕疵，同時帶出個人特質，明豔我們的輪廓。化妝品種類繁多且日新月異，要打造一副完美無瑕的面孔，我們可能需要用到隔離防曬霜、高清粉底液、納米級粉餅、高度遮瑕膏、濃密睫毛液、閃亮高光影、啞緻唇膏等等，為了確保長時間展示出美麗的妝容，所以技術上更發展出 24 小時長效、不脫色、防水、防汗、貼面等效能。但愈高效能，當中就加入更多的化學成份，如矽，有助形成薄膜緊貼臉上，同時作為防水劑，達到持久防水效果。還加入不同色素、香料、防腐劑以保持產品的穩定性，這些的化學物質會更深入毛孔，頑固依附在我們的臉上皮膚，難以卸除，一旦長時間殘留在皮膚上，就會不斷刺激皮膚引起過敏或其他不適。而普通的潔面產品難以有效卸走，要讓我們的皮膚有時間啲

哪氣，首先就要選用合適的卸妝產品徹底卸走彩妝。

市面上的卸妝產品可分為：油狀、膏狀、乳狀及水狀。當中的清潔力以油狀最佳，因化妝品的基本成份為油脂，兩種油混合，具有很好的親和力，能較徹底溶解一些遮瑕力度較強、油性、抗水抗汗功效的彩妝成份。但使用卸妝油需特別注意乳化的步驟，加入介面活性劑的卸妝油，應使用乾手把油塗於面，其後雙手沾上小量水份於臉上輕輕打圈，使卸妝油同水進行乳化作用，顏色變得白濁，乳化步驟重複直至徹底乾淨。

否則卸妝油也會殘留在臉上，引起座瘡及皮炎等不適。需選用清潔力較為低的水狀，就需要配合化妝棉多次重複清潔，同時應避免卸妝水長時間停留在臉上，對皮膚造成刺激。

去角質產品

人體皮膚的最外層為角質層，由死去的細胞一層層所組成，約達 15 至 20 層，也是起着保護皮膚免受外來的刺激及鎖住水份的作用。但是隨着年紀的增加，新陳代謝的速度下降，角質層難於自然地脫落，使過多的角質層堆積於皮膚表面，令老化的角質愈來愈厚，使臉色看起來暗淡、膚色不均勻、摸起來較粗糙、阻礙油脂排出，容易與塵埃等污染物混合形成黑頭，及滋生細菌形成暗瘡等炎症，同時也阻礙保養品的吸收，對皮膚造成一定程度的負擔。

故市面上推出一些有助去除角質的產品，可分為兩大類，物理性及化學性。物理性方法，主要利用微粒於臉上進行摩擦，從而帶走表面過多的老化角質，統稱為磨砂，如綠豆粉、粗鹽、砂糖、塑料微珠等微粒物質。使用過程中應避免過大力摩擦皮

膚，以免過度去角質層，使角質層變薄，肌膚變得
敏感，嚴重出現損傷的情況。而化學性方法，主要
利用一些蛋白酵素及酸性成份促進角質進行分解，
從而達到去角質的效果。市面上常見蛋白酵素如：
木瓜酵素及鳳梨酵素，酸性成份有 AHA、BHA、果
酸等，成份含量愈高，對皮膚刺激愈大，使用這些
產品應由低含量開始試用及停留於皮膚表面的時間
應謹慎按照產品上的指示及說明，如出現紅腫刺痛
應立即停用。

其實使用去角質的次數不應過於頻繁，對於健康年輕水份足夠的肌膚，角質會自然脫落，肉眼是看不見的。一般皮膚的更新週期為二十八天，所以基本一個月使用一次的去角質產品則可，平日的日常皮膚護理時，利用化妝棉沾上適量的爽膚水塗抹皮膚表面，這過程中已有助帶走多餘的角質。過度去角質，會減低角質本身的作用，使皮膚容易散失水份變得乾燥，及降低防禦外在各因素的影響，皮膚容易受到刺激，變得敏感。

爽膚水

在皮膚表面皮脂和汗液會混合，形成一層酸鹼度呈弱酸性的皮脂薄膜，一般介乎於4.2 - 6.8之間，具有防止皮膚乾燥及抑菌的保護作用。但每當我們使用完偏鹼性的潔面產品後，皮脂薄膜會被洗走，皮膚表面的酸鹼度會出現短暫性轉變。而爽膚水呈ph值5.5左右，潔面後使用爽膚水有助平衡皮膚表面的酸鹼度。同時爽膚水加入保濕成份，還有一些更會加入小量油性保濕成份，如琉璃苣油、荷荷芭油、角鯊烯和杏核油，形成水油配方，以幫助於潔面後，補充潔面時候流失的水份及油份，讓皮膚回復健康的水油平衡狀態，清潔後的皮膚，對於保養品的吸收會較好，如果配合化妝棉一同使用，有再次清潔的作用，確保沒有彩妝或潔面產品殘留在臉上及溫和柔軟去角質的功效。

注意如爽膚水含酒精成份較高，油精對皮膚

有一定的刺激性，對於敏感的肌膚應謹慎選擇及使用。

精華素

是一種含高度濃縮性及分子較小，容易被皮膚吸引及滲透到肌底的營養保養產品，針對不同的效用加入各種有效成份，如常見的美白成份有：維他命 C、熊果苷、曲酸、麴酸等。常見的保濕成份有：玻尿酸、氨基酸、甘油、神經醯胺、NMF 天然保濕因子和維生素 B5 等。常見抗皺成份有：維他命 A、胜肽、線苷酸和輔酶 Q10 等。

精華素所需要的穩定性及新鮮度都需要較高，因當中一些的有效活性成份於開封後，容易被氧化或光影響而出現降解或變質，功效隨之而下降，所以市面上的精華素都會以小容量包裝，甚至以一次性的獨立小包裝及使用深色的外包裝，很少使用透

明包裝，因具有遮光作用，以防止光照射，影響產品的質量。

使用精華素於整個皮膚護理步驟中的先後次序，一般於潔面及爽膚水後，因乾淨及軟化角質後的皮膚，更容易吸收有效成份。大家可以按照自己的皮膚需求，而選擇不同類型的精華素，很多時候日間會選擇一些保濕抗氧化為主的精華素，而夜間以美白修護為主。使用量方面應按照說明書上寫的份量，不要貪心認為一次用更多份量會更好，因精華素是濃縮型產品，使用過多份量容易造成皮膚負擔。

面霜

面霜一般使用於精華素後，精華素的補水成份能提高角質層的含水量，而面霜的親脂性含量較高，能保留住水分子在角質層，同時形成一層防護膜，有效降低水份散失及外來刺激。故補水重要，鎖水也同樣重要，兩者一起併合，才能令皮膚保持細緻水潤。常見的補水成份有玻尿酸、甘油、尿素、膠原蛋白等，當中的玻尿酸又稱為透明質酸，是皮膚的天然保濕因子，玻尿酸厲害之處，在於一分子就能抓住約 500 倍的水分子。而常見的鎖水成份有凡士林、礦物油及神經醯胺等，而神經醯胺存在我們的皮膚角質層細胞間的脂質中，是天然的保濕成份，一些皮膚乾燥、有濕疹及敏感的人士，其角質層中的神經醯胺含量比一般健康皮膚的皮質層含量較低。

平日我們可根據不同皮膚質素及天氣情況，

而選擇合適的面霜，當皮膚狀態較為乾燥或冬天時分，應使用滋潤性的面霜，鎖水性較強。混合性、中性皮膚或秋天時分，可選用滋潤性較低的乳液，乳液鎖水同時滋膩度減輕。油性皮膚或春夏季節，可選擇清爽性的啫喱，保濕同時具有冰涼感。而使用時，可把適量的面霜放於掌心，兩手輕輕搓揉，再輕輕按壓於臉上，可避免因過量塗抹，而對皮膚造成負擔。

面膜

　　不少明星都說她們天天勤力敷面膜，是皮膚保持年輕細緻的保養心得，化妝前敷一次面膜，晚上敷一次面膜。面膜給人一種有用作急救皮膚的感覺，而市面上面膜的種類多不勝數，其實我們對面膜又有多少的了解呢？

　　面膜按功效可分為：清潔、保濕、美白、抗衰老、抗痘等，根據不同功效而加入所需成份。清潔面膜會加入活性炭、高嶺土、火山泥、綠陶土等成份，具有吸附能力，能清除毛孔內的油脂污垢，同時有助清理多餘的老化角質。保濕面膜會加入透明質酸、保濕因子、維他命 B5、甘油、礦物油等保濕成份，為皮膚迅速補充水份。美白面膜會加入維生素 C、對苯二酚、熊果素、曲酸等成份，以抑制皮膚黑色素形成和加速表皮新陳代謝，以達到美白效果。抗衰老面膜會加入維他命 C、輔酶 Q10、白藜蘆醇

等成份，有助清除自由基，延緩皮膚衰老。抗痘面膜加入茶樹油、積雪草提取物、尿囊素等成份，有助舒緩發炎，抑制皮膚細菌。

當有效成份加入不同的載體，形成片狀、乳霜狀、泥狀、撕拉型和凝膠狀等不同的面膜。片狀面膜有不同的材質，例如不織布、蠶絲布、瓊脂、生物纖維、奈米纖維、純棉等，不同材質對臉部的貼服度、透氣度、厚重感、吸水度等都不一樣。而片狀面膜能吸附較多的精華液，同時也方便攜帶。乳霜狀面膜的滋潤度較片狀面膜高，可根據皮膚的需要，分區護理，選擇局部使用在肌膚比較乾燥油脂分泌較小的面頰位置。泥狀面膜，主要成份是由高嶺土、火山泥和死海泥等組成，含較多的礦物成份，以清潔皮膚功效為主，使用時需要塗抹一定的厚度，作封閉性才能更有效清潔毛孔，但缺點是清洗時較麻煩。撕拉型面膜會添加薄膜形成劑，使產

品塗抹於皮膚表面後靜待一段時間，會乾燥形成一層薄膜達到封閉狀態，同時加入膠黏成份，使面膜剝下撕除時，老化的角質及粉刺會隨之一同帶走。缺點是撕除時有機會連臉上的毫毛一同撕掉，有輕微痛感，故需要輕柔，同時避免皮膚受到過份的拉扯和刺激。凝膠狀面膜，具有冰涼的優點，特別適合作舒緩陽光曬後，皮膚紅熱的護理。

同時為配合都市人忙碌的生活，分分秒秒都追趕着時間，市面上也推出各種不同停留臉部的時間長短的面膜，有早安面膜，產品聲稱只需要敷 60 秒，方便早上賴床的女生，可以睡多一會。還有睡眠面膜，方便主要是塗抹式面膜，睡前塗抹於臉上一整晚待早上才清洗。其實面膜的原理是透過貼服於臉上，形成封閉式空間，促進面膜中的精華素滲透入肌膚，更有效提高皮膚的吸收效率。所以敷 60 秒的面膜，根本沒有提供足夠時間提高吸收，大部

　　份的精華液還是在面膜上，而敷過長的時間，反而會對皮膚造成負擔或刺激，阻塞毛孔。所以還是乖乖地使用普通面膜，按產品説明敷 15 至 20 分鐘。

　　同時我們一定要好好選擇優良品質的面膜才能達到護膚作用，避免選擇一些添加了大量的防腐劑、香料、熒光劑的面膜，未能保養反而積累化學物質刺激皮膚，導致過敏或皮膚炎。當皮膚有傷口、敏感及皮膚病的狀態下，應避免使用面膜。敷完面膜後記得要用清水清洗，以免增加皮膚負擔，同時要完成日常護膚步驟，塗上面霜，鎖住角質水份。

防曬

陽光中約 95% 為 UVA 和約 5% 為 UVB,長時間接觸紫紅線對人體的皮膚會造成傷害。當中 UVA 的穿透力較高,能直達表皮層及真皮層,使皮膚出現色素沉澱。而 UVB 穿透力較低,只到達表皮層最表層,但因 UVB 能量較高,短時間的照射已經容易使皮膚出現發紅、灼熱等曬傷的症狀。

除了曬黑、曬傷,長遠日積月累對皮膚造成更嚴重的老化性傷害。紫外線的能量會加速皮膚水份散失,肌膚變得缺水乾燥、微絲血管擴張、膠原蛋白流失、容易產生皺紋、容易患上皮膚癌。

所以防曬是保護皮膚健康的關鍵,我們需要根據情況去選擇合適的防曬系數,以確保對皮膚有足夠的保護。防曬產品上會標明防曬系數,分別是 SPF 及 PA。SPF 是針對阻擋 UVB 的效果,SPF 的數值越高,代表能延長多少的時間保護皮膚。PA 的

＋號愈多，代表防預性愈高。不過，防曬系數愈高的防曬，對肌膚所造成負擔是成正比的，所以應針對情況選擇合適的防曬系數，例如一般日常上班／上學，主要是留在室內環境，應選擇 SPF10 至 20，PA+ 的防曬產品；而需要一段時間在室外活動，可選擇 SPF 再高一點的 30，PA++，如果當日進行陽光與海灘的運動，就應選擇 SPF 系數最好的 50 及 PA+++ 的防曬產品。

防曬可分為物理性、化學性防曬，常用作物理性防曬的成份為微細顆粒狀的白色二氧化鈦或氧化鋅，市面上常見碎粉型。其防曬原理是均勻覆蓋於皮膚表面，形成一層折射保護層阻擋紫外線。小朋友、皮膚較敏感的人士較適合選用物理性防曬，因穩定性高，性質較為溫和不太刺激皮膚。

而化學性防曬的常見成份有水楊酸鹽、Parsol1789、苯甲酮類等，市面上可見乳液型、噴

霧型。化學性防曬的原理是加入紫外線吸收劑，吸收陽光中的紫外線轉化為熱能再釋放。但化學性防曬產品成份較複雜，較容易刺激皮膚引起敏感。

防曬一定需要有足夠的份量才能作有效的保護，所以流汗、用紙巾／毛巾搽抹、接觸水等，都會影響防曬的效果，專家建議 2 至 3 小時應再次補搽防曬，避免防曬效能大打折扣。

染髮劑

年輕人想換髮色轉變造型，老年人為遮蓋白髮，我們可以選擇到髮型屋或自行購買染髮產品。

染髮顏色持唔持久，決定色素依附在頭髮的位置，我們的頭髮由三部份結構組成，分別是髓質、皮質、毛鱗片。短暫性的染髮劑只依附在頭髮淺層的毛鱗片上，容易經過幾次洗頭就能洗掉，故染髮的顏色較不持久。而染髮劑能深入頭髮的皮質層，染

色的持久度會較為長時間，但對頭髮所造成的傷害也相對較大。要進入皮質層，基本有兩種方式，一種是染髮劑內加入鹼性化學物質，常用成份為阿摩尼亞，或稱為氨水，頭髮毛鱗片在偏鹼性的環境下會張開，色素就可以進入皮質層。另一個方式是採用較小分子的色素。很多時候，我們想染一些顏色較淺，或顏色較為鮮豔的頭髮，髮型師都會建議先進行漂染，因亞洲人的頭髮黑色素較多，需要先洗去皮質層內黑色素，常用的成份是雙氧水，過氧化氫釋出活性氧，於皮質層氧化分解黑色素，讓頭髮的顏色褪色。其後染髮劑中的色素也同時被氧化，形成分子較大的色素，不容易從頭髮中流失出來，及加入另一種常見成份對苯二胺 PPD，它作為中間體，有助色素能強韌地附在皮質層中的色素體上，達到持久顯色的效果。

染髮對頭髮造成傷害，因過程中的鹼性環境，

使頭髮的表層開裂和多孔性，髮絲變得粗糙、鎖色能力差和容易折斷。對笨二胺成份，會破壞頭髮中的黑色素，增加白髮生長，同時破壞頭髮的毛小皮，使頭髮失去鎖水保濕能力，頭髮變得枯乾。

除了鹼性染髮劑，市面上也有酸性染髮劑，酸性環境使頭髮的毛鱗片收縮，頭髮鎖水力較好，同時能增強髮絲的彈性和光澤。但酸性的染髮劑也有局限的地方，因成份中沒有添加雙氧水成份，一些咖啡色、栗棕色、焦糖色等較為基本的顏色難以上色，相反一些飽和度較高的特殊顏色如紅色、紫色、藍色等，就能直接遮蓋髮絲原有的顏色。傳統的染髮方式是以梳子把膏狀的染髮劑均勻塗抹在髮線上，近年市場上推出較方便能自行在家中染髮的泡沫方式，似洗頭髮一樣，雖然濃厚的泡泡，只需要簡單地用手指輕輕搓揉頭髮，讓泡泡徹底滲透至髮絲，但泡泡方式相對於傳統的塗抹方式，有更大機會接觸到頭皮部

位，容易對頭皮造成一定的刺激。

　　無論以酸性／鹼性染髮劑或塗抹／泡沫方式進行染髮，染髮劑成份都較為刺激，容易引起一些皮膚過敏反應，出現紅斑、痕癢和過敏性皮膚炎等不適，所以染髮時應盡量避免染髮劑沾染至頭皮，頭皮是毛囊最多、最密集的地方，一旦受到刺激及損害，嚴重可引致脫髮。所以當頭皮狀態不健康及有傷口都不應進行染髮，染髮前應事先進行局部皮膚過敏性測試，確保沒有任何皮膚不適才使用。

Chapter 9

常見的
外用中藥

珍珠粉

在中醫藥記載，珍珠粉藥性偏寒，外用有解毒生肌的作用。

而在化學研究中發現，珍珠含碳酸鈣及微量元素等等多種成份，而最為豐富的成份——鈣，能減輕毛細血管壁的通透性，減少滲出物，能保持皮膚乾爽，有助新的皮膚組織修復。微量元素——鉀、鈉，以陽離子的形式，存在於細胞的內外液中，維持濃度梯度，同時參與細胞的新陳代謝和酶促反應，有助皮膚的保護和修復，維持皮膚健康。另一種微量元素——鋅，是許多重要酶的構成物質，也是能加速皮膚組織修復。

市面上常見的有：珍珠粉面膜、珍珠粉手工皂、珍珠粉爽身粉。

DIY

珍珠粉面膜

準備材料：珍珠粉、蜂蜜。

製作方法：約兩湯匙蜂蜜加入少量珍珠粉，混
合成糊狀即可。

使用方法：塗上薄薄一層，約 5 - 8 分鐘後，用
清水洗走。

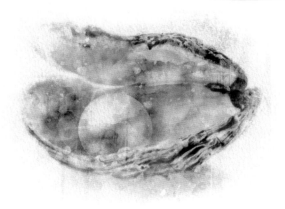

紫草

紫草是傳統治療皮膚的常見中藥，藥性偏寒，外用有透疹消斑的作用。

臨床多用於過敏性皮炎、濕疹、皮膚痕癢、潰瘍創傷等問題。

紫草有改善局部的血液微循環作用，促進皮膚更新代謝，讓養份更有效地輸送到表皮層及廢物代謝到真皮層外，刺激膠原蛋白形成，從而維持皮膚健康、減緩皮衰老，改善膚色，故有活血消斑的功效。

而紫草素為紫草中的重要成份，現代藥理研究顯示，能舒緩炎症反應、抗菌以及抑制疤痕的形成，對於皮膚修復及癒合有一定的作用。

市面上的紫草產品常見製成膏類或以植物油浸

泡製成藥油，當中的油質在皮膚上能形成一層油脂薄膜，如一層保護屏障，能減低皮膚水份蒸發及流失，保持滋潤，舒緩乾燥性的皮膚痕癢，有助皮膚修復及健康。

市面上常見的有：紫油膏、紫草手工皂、紫草浸泡油。

DIY

紫草軟膏

準備材料：紫草浸泡油 100 毫升（利用橄欖油浸泡 3 - 6 個月）、蜂蠟 10 克、乳油木果脂 10 克、薄荷腦 10 克。

製作方法：所有材料隔水加熱攪拌至完全溶化，倒入器皿待凝固。

使用方法：塗抹於乾淨的皮膚上。

青黛

在中醫藥記載，青黛藥性偏寒，外用有清熱解毒、涼血消斑的作用。

臨床外用多應用於口瘡、銀屑病、濕疹等。

現代藥理研究顯示，青黛有抗炎、抑制細胞增殖和通過減低血管內皮細胞生長因素水準，抑制微血管增生，從而減輕炎症。達到改善皮膚病理學上過度角質角化、血管增生異常等問題。

常見的角質過度角化，出現於我們的手臂和大腿，像一粒粒如起雞皮的小丘粒，這就是由於過度角化堆積形成角栓，阻礙毛囊口，如出現發炎，附近更會出現小紅疹。

而常見的微血管增生，會使我們於靜態活動下也出現面紅紅或皮膚愈來愈多小紅點，很多人以為是皮膚變薄了，其實是皮膚長期受到外界刺激如使

DIY

青黛手工皂

準備材料：青黛粉 10 克、氫氧化鈉 140 克、
純水 350 克、椰子油 250 克、棕
櫚油 250 克、橄欖油 500 克。

製作方法：

1. 首先多次及小量將氫氧化鈉加入，冰純水並
   不斷攪拌至融合。

   （需特別注意安全，避免接觸氫氧化鈉，同
   時過程中會釋出熱能及腐蝕性氣味，需穿戴
   好保護措施及於通風地方進行。）

2. 鹼水等待溫度降至 50 度，另將 3 種油脂加
   熱到 50 度。

3. 將鹼水緩慢而小量加入油脂，同時利用攪拌
   器攪拌濃稠狀。

4. 加入青黛粉攪拌至均勻。

5. 倒入模具放入保溫箱內保溫 2-3 天。

6. 再把成型的肥皂放在通風乾燥的地方晾皂 2
   個月後才可使用。

使用方法：

用淋濕的手搓揉出泡泡，可配合皂袋。

* 加入不同的中藥則製成不同功效的手工皂。

用類固醇、紫外線暴曬、溫度、氣候變化等因素刺
激而引起。

市面上常見的有：青黛軟膏、青黛手工皂。

艾葉

在中醫藥記載，艾葉藥性偏溫，外用有祛濕止
癢的作用。

臨床外用多應用於各種皮炎及痕癢等不適。

現代藥理研究也同樣顯示，艾葉煲水煎煮出來
的水煎液，具有抗過敏、抗菌的作用，能減輕血管
充血程度，舒緩局部腫脹、疼痛及痕癢，改善濕疹
等不適。

市面上常見的有：艾葉軟膏、艾葉精油、艾葉
手工皂、艾葉沐浴露等。

DIY

艾葉淋浴水

準備材料：艾葉 30 克、水。

製作方法：

1. 艾葉洗淨後，用手壓着艾葉，並加水蓋過艾葉表面。

2. 大火加熱至沸騰，轉小火煮約 15 分鐘。

3. 過濾艾葉，把艾葉水放溫。

使用方法：

艾葉水放溫至約 39 度，用毛巾沾上輕抹全身，最後以清水沖淨即可。

生薑

在中醫藥記載，薑藥性偏溫，外用有解表散寒的作用。

傳統婦女產後，也會使用生薑煲水代替自來水作洗澡之用，因傳統中醫認為產後婦女於剛生育後體質虛弱，抵抗力較低，外界邪氣如風、寒邪藉着皮膚腠理疏鬆入侵體內，引起感冒頭痛等不適，故利用生薑的溫熱發散功效，驅除邪氣。

從現代藥理研究指出，生薑中的薑辣素和薑精油有抗菌作用。同時生薑中的辛辣成份能刺激毛囊打開，讓清潔時候更有效把油脂污垢帶走，以及促進血液循環，讓營養物質有效供給毛囊細胞，促進頭髮生長及維持毛囊的健康。

市面上常見的有：生薑洗髮水、生薑手工皂等。

DIY

薑洗髮水

準備材料：生薑一大塊、水。

製作方法：

1. 把生薑洗淨後，連皮切成片塊。

2. 加入約 500 毫升水。

3. 大火加熱至沸騰，轉小火煮約 5 分鐘。

4. 過濾生薑片，生薑水放溫。

使用方法：

生薑水放溫至約 37 度，淋灑於頭皮上，用指腺輕按摩頭皮，重複幾次，如當日頭髮油膩塵垢較多，可加入小量普通洗髮液於生薑水中，攪拌溶合清洗，最後以清水沖淨即可。

製何首烏

在中醫藥記載，製何首烏藥性偏溫，有烏髮的作用。

毛囊內製造黑色素的細胞功能衰退，就會使頭髮變白。受到先天家族遺傳及後天生活習慣如：維他命缺乏、壓力、睡眠不足、過度燙染等各種因素所影響。

現代藥理研究顯示，製何首烏能促進皮膚微循環，改善因頭皮的血液循環不佳，而影響頭皮黑色素細胞運作。同時能促進頭皮毛囊得到足夠營養及排走代謝廢物，保持頭皮毛囊的健康。

市面上常見的有：何首烏洗髮水、何首烏染髮霜。

Chapter 9
常見的外用中藥

Chapter 9

金銀花

在中醫藥記載，金銀花藥性偏寒，外用有清熱解毒的作用。

臨床外用多應用於真菌所引起的各種瘡瘍腫痛。

真菌可以從不潔的衛生習慣或與患者共用接觸物品等多種途徑感染，可以一直寄生於潮濕的皮膚皺褶部位，當自身免疫力低下，真菌就有機會大量繁殖，引起各種不適。同時容易引起附近皮膚出現一些過敏性反應，如紅疹及痕癢。

現代藥理也顯示，金銀花有抑制皮膚真菌、抗炎，解熱的作用，對於炎性反應及皮膚上的紅腫熱痛不適，都有一定的舒緩效用。

市面上常見的有：金銀花沐浴露、金銀花護膚乳、金銀花舒敏膏等。

DIY

金銀花淋浴水

準備材料：金銀花 30 克、水。

製作方法：

1. 金銀花洗淨後，加入約 1 升水。

2. 大火加熱至沸騰，轉小火煮約 15 分鐘。

3. 過濾金銀花，把金銀花水放溫。

使用方法：

金銀花水放溫至約 39 度，用毛巾沾上輕抹全身，最後以清水沖淨即可。

蘆薈

在中醫藥記載，蘆薈藥性偏寒，外用治癬瘡。

臨床上蘆薈作用廣泛及普及。現代藥理研究顯示，蘆薈中的蒽醌類化合物，有抗菌、消炎、抗過敏作用。蘆薈多糖就有促進傷口癒合及減少疤痕形成等功用。

而坊間也善於利用蘆薈舒緩因與陽光玩遊戲後，皮膚出現發熱的不適。

現代藥理也證明，蘆薈葉肉含水量極高，同時當中的蘆薈多糖成份是皮膚天然保濕因（NMF），能吸收空氣中的水份，為皮膚補充水份同時降溫。

同時蘆薈苦素對人體黑色素細胞——酪氨酸酶活性有抑制作用，阻止黑色素生成量，能減低皮膚的色素沉着問題，舒緩陽光後的曬黑。

市面上常見的有：蘆薈凝膠、蘆薈面膜。

DIY

蘆薈凝膠

準備材料：蘆薈汁 20 毫升、凝膠劑 6 克、純水 80 毫升。

製作方法：

1. 蘆薈肉用攪拌機打碎，用篩子過濾取蘆薈汁液。

2. 凝膠劑與純水先攪拌成凝膠狀。

3. 再加入蘆薈汁攪拌混合。

使用方法：

放於雪櫃貯存，塗抹於乾淨的皮膚上。

丹參

在中醫藥記載，丹參藥性偏寒，外用有涼血消癰的作用。

臨床外用多應用於瘡瘍腫痛。而現代藥理研究顯示，丹參有很好的抗痤瘡作用。痤瘡，又名暗瘡、青春痘，是很常見的毛囊及皮脂腺疾病。痤瘡會多出現在臉部、前胸與後背，這些都是皮脂腺分佈較多的區域。

青春期生長激素刺激、家族遺傳、荷爾蒙變化、飲食問題、清潔習慣等多種因素，都有機會影響我們的皮脂分泌過度旺盛，若毛孔同時被角質阻塞，皮脂就無法排出，堆積起來便成為粉刺，而在封閉的環境中，更有利於痤瘡丙酸桿菌的繁殖，誘發炎症反應，形成痤瘡。

丹參中的活性成份——丹參酮，通過降低局部皮膚二氫睾酮，抑制皮脂生成，同時能對痤瘡丙酸

桿菌有殺滅作用，降低痤瘡的形成。對於已形成的痤瘡，丹參酮能抑制痤瘡部位的炎症，同時改善局部血液循環，促進痤瘡皮膚的癒合。

市面上常見的有：丹參防脫護精華、丹參粉刺水、丹參手工皂。

當歸

在中醫藥記載，當歸藥性偏溫，有活血的作用。

臨床外用多應用於色素沉着的色斑。色斑主要由紫外線照射或體內荷爾蒙變化所引起，皮膚黑色素沉積，形成點狀或較大面積的塊狀。

現代藥理學研究顯示，當歸中的揮發性及阿魏酸成份，能改善皮膚微循環的作用，刺激皮膚新陳代謝，舒緩因血液循環不良而引起的面色暗啞、面色不均、色斑等問題。

市面上常見的有：當歸面膜、當歸面霜、當歸手工皂、當歸洗髮水。

丁香

在中醫藥記載，丁香藥性偏溫，有溫陽的作用。

臨床外用多應用各種痛症。傳統中醫藥認為「不通則痛」，寒性具有凝固能力，能阻礙氣血的暢通運作，一旦受阻凝滯，就會引發痛楚。丁香其溫熱的性質，能制衡寒性，從而有舒緩痛楚的作用，現代藥理學研究也同樣發現，丁香有鎮痛的功效，同時抗炎消腫，丁香中的丁香酚更有很強的抗菌及抗真菌作用。

市面上常見的有：丁香手工皂、丁香漱口水。

地榆

在中醫藥記載，地榆藥性偏寒，有解毒斂瘡的作用。

臨床外用多應用水火燙傷及瘡痘。

現代藥理學研究顯示，地榆有抗菌、抗炎、抗過敏作用。現代藥理研究學解釋，為何地榆於臨床上會應用於皮膚創傷方面，因當中含鞣質成份，能使傷口表面的蛋白質沉澱凝固，形成一層保護膜，覆蓋傷口表面，預防細菌侵襲。同時抑制分泌細胞的分泌，減少炎症傷口滲出。及含維生素A類物質，可促進上皮生長，加快傷口癒合。

市面上常見的有：地榆手工皂。

甘草

在中醫藥記載，甘草藥性平，有緩急止痛、調和諸藥的作用。

臨床外用多應用解毒性、治瘡瘍。

甘草，有一個花名叫「國老」，意思是指中醫藥界中，視甘草為一界之重臣。甘草在方劑中經常擔任和事老的角色，平均各藥的藥性。而外用方面，現代藥理研究就能說明，今次甘草就擔當表面活性劑的角色，促進皮膚對藥物的吸收。

而中醫藥認為甘草有治瘡瘍的作用，從現代藥理可說明甘草具有抗菌、抗炎的作用。除此之外，研究顯示甘草中的甘草黃酮類成份，能抑制酪氨酸酶活性，從而抑制黑色素的生成，同時黑色素細胞的毒性也較低，減輕皮膚的色素沉着，故

市面上一些草本美白產品，也常加入甘草。

市面上常見的有：甘草美容液、甘草面膜、甘草面霜。

DIY

甘草面膜

準備材料：甘草粉 4 克、蜂蜜。

製作方法：加入適量蜂蜜於甘草粉，調至糊狀。

使用方法：甘草面膜均勻塗抹於臉上，敷約8-10 分鐘，用清水沖淨即可。

薏苡仁

在中醫藥記載，薏苡仁藥性偏寒，有排膿、解毒散結的作用。

日本帶起薏苡仁應用於美容方面的熱潮，其主張性質溫和，能使皮膚達到美白、光滑、柔嫩的效果。

　　藥理研究也證實，薏苡仁中含有豐富的蛋白質分解酵素，能使皮膚上的角質軟化，使皮膚變得光滑柔嫩。同時薏苡仁能抑制酪氨酸酶活性，減低黑色素的生成，達到美白的效果。

　　市面上常見的有：薏苡仁美容水、薏苡仁面膜。

DIY

薏苡仁面膜

準備材料：薏苡仁 30 克、純水 250 毫升。

製作方法：

1. 薏苡仁洗淨後，加純水浸泡 2 小時或以上。

2. 大火加熱至沸騰後，轉小火煮 20 分鐘。

3. 過濾薏苡仁，薏仁水放涼。

使用方法：

適量薏仁水，使用面膜紙浸透後，敷臉 8-10 分鐘，最後用清水洗淨即可。

人參

　　在中醫藥記載，人參藥性偏溫，有補益的作用。

　　自古以來，人參也被譽為「百草之王」，應用於各種身體虛弱症。

　　日本、韓國、中國等都喜歡利用人參加入各種美容護膚產品當中，因有研究顯示，人參中的人參皂苷有很好的抗衰老作用。

　　皮膚衰老問題中，其中一個加快皮膚老化速度的因素是日光中的紫外線，稱之為光老化。長時間受到紫外線的照射，會增加皮膚細胞的胞質過氧化物和細胞凋亡，使細胞壽命縮短，同時還使細胞分泌 MMPs 增加，分解真皮的彈力纖維和細胞基質、膠原蛋白降解增強，致皮膚變薄，彈性下降、產生皺紋。除此之外，紫外線會激發酪氨酸酶活性，使色素沉着，出現色斑。高能量的紫外線，同時會刺

激毛細血管擴張及皮膚中的含水量下降，皮膚變得泛紅、粗糙和缺水，使皮膚更易老化。

而研究顯示，人參皂苷能抗紫外輻射損傷及清除自由基，保護皮膚細胞。

除了抗衰老，有研究發現人參還有促進頭髮生長和健髮的功效，主要透過擴張皮膚毛細血管，改善局部微循環，幫助營養物質運送到毛囊及頭髮，促進毛囊的新陳代謝。

市面上常見的有：人參面霜、人參精華美容液、人參洗髮液。

麥門冬

在中醫藥記載，麥門冬藥性偏寒，有養陰生津的作用。

現代研究結果顯示，麥門冬中的麥冬多糖成份，能抵抗中紫外線對皮膚所造成的老化問題，具有防治作用。

而麥門冬中的植物性甾醇類成份，類似人體內膽固醇的結構，對皮膚有很好的滲透性，可以保持皮膚表面的水份，同時具抗氧化、抗炎症，有助於破損肌膚的修復。

市面上常見的有：含麥門冬的精華液、面霜。

牡丹皮

在中醫藥記載，牡丹皮藥性偏寒，有活血祛瘀的作用。

現代研究結果顯示，皮膚出現的曬斑、黃褐斑、老年斑等，是經由自由基氧化皮膚內的不飽和脂肪酸，形成脂褐色素積聚在皮膚下，而牡丹皮就有良好的體外清除自由基功效，達到消除色斑。同時丹皮酚對皮膚黑色素合成的關鍵物資——酪氨酸酶有抑制作用，所以更有美白的目的。

而中醫藥所說明的活血，現代研究顯示牡丹皮中的丹皮酚，對於局部微循環有促進作用，營養能有效傳遞至各皮膚細胞，改善皮膚暗啞，從而達到改善膚色功效。

陳皮

日本有着源遠流長的浸浴文化一直保存到現在，其實中國的浸浴文化也歷史悠久，古時已用不同中藥材入浴，稱為香湯或藥浴。傳統中醫理論認為，浸浴是養生保健的一種，能促進身體內氣血流通，有助活血祛瘀，使皮膚腠理皮毛擴張，輕淺的病邪能透過發汗發散而解，達到祛風散寒除濕等作用。

現代研究則指出，浸浴能夠促進血液流動至肌膚表層，幫助營養傳送到肌膚細胞，同時帶走代謝廢物，減低皮膚負擔，達到滋養排毒的效果。同時對於處於緊張狀態的身心都有放鬆的作用。同時浸浴的水溫略高於人體，溫度使心臟加快跳動，短短二十分鐘內的浸浴，已達至約步行半小時的卡路里消耗量。

日本的浴鹽種類繁多，發現市面上出現加入陳皮的浴鹽，陳皮為橘及其栽培變種的成熟果皮，陳皮當中的橙皮苷是其中一種主要活性成份，有研究顯示，

橙皮苷是維生素 P 之一，具有擴張血管及改善外周血液流動的作用。同時顯示橙皮苷能減輕紫外線所致的皮膚損傷，減低出現紅斑及脫皮的情況。

溫馨提示：高血壓、心臟病、患有皮膚疾病人士浸浴溫度不宜太高，時間也不宜長。

DIY

陳皮浴鹽

準備材料：礦物鹽（鎂鹽）200 克、椰子油 6
毫升、陳皮精油 3 毫升。

製作方法：以緩慢及小量首先加入椰子油於礦
物鹽中，其後同樣加入陳皮精油，
並攪拌均勻。

使用方法：於 39 度溫熱水中加入約 50 克浴鹽，
可用作浸泡腳或全身，浸腳的水位
約能覆蓋腳踝位置，浸泡全身的水
位約心臟以下，浸泡時間約 10 - 15
分鐘，最後以清水沖淨即可。

玫瑰

玫瑰，自古已被人們應用於美容護膚，有記載武則天、楊玉環、慈禧太后等人都十分愛用玫瑰浸浴及製成玫瑰胭脂。

傳統中醫藥認為玫瑰藥性偏溫，具有行氣活血功用。而《本草綱目拾遺》中記載：玫瑰露乃物質之精華，説明玫瑰的提取物是價值很高的精華。

現代研究則顯示，大馬士革玫瑰、玫瑰和白薔薇的精油都有良好的自由基消除活性及玫瑰水都有極好的抗氧化，能延緩皮膚衰老。同時玫瑰有抑菌、抗過敏及抗炎能力有助維持皮膚健康水準，減低傷害。玫瑰的抑制酪氨酸酶作用，能抑制黑色素的生成，達到美白效果。當中的玫瑰多糖成份更具有良好的保濕能力。

故我們除了取玫瑰的顏色作為化妝品的天然顏料、取玫瑰獨有的風雅香氣加入不同產品，達至放

鬆情緒、緩和緊張焦慮的精神之外，我們還會取玫瑰的提取物製成皮膚的保養品。

市面上常見的有：玫瑰水、玫瑰精油。

DIY

玫瑰花水

準備材料：玫瑰花瓣 6 朵、純水。

製作方法：

1. 洗淨玫瑰花瓣放入鍋內，加入純水蓋過花瓣。

2. 鍋中央放置空器皿，並蓋上鍋蓋。

3. 加熱，收集蒸餾出來的玫瑰花水。

使用方法：

放於雪櫃貯存，濕潤化妝綿塗抹或直接噴灑於乾淨的皮膚上。

枸杞

作為藥食同源的枸杞，其藥性平和，內服能補肝腎及明目，原來也能外用。枸杞多糖是枸杞的活性成份之一，有現代研究顯示，枸杞多糖具有明顯的保護皮膚細胞免受光損害的能力，從而減輕光老化所導致的皺紋、皮膚鬆弛、毛細血管擴張、皮膚色素不均勻等問題。

枸杞多糖結構含有大量的羥基，能夠以氫鍵的形式與水結合，達到保濕的效果。同時具有成膜性，能於皮膚表面層形成一層鎖水膜，阻礙皮膚的水份流失，使保濕作用更加持久。

市面上常見的有：枸杞提取物精華素。

側柏葉

傳統中醫藥認為,側柏葉其藥性偏寒,外用具有生髮烏髮的功效。臨床用於血熱性脫髮及白髮。在古代中醫藥文獻中,如《本草綱目》中也記載:側柏葉浸油,生髮,燒汁,黑髮。

酪氨酸酶是促進毛囊內黑色素合成的主要氧化酶,當酪氨酸酶活性下降,分泌黑色素相對地減少,白髮就會生成。

現代研究顯示側柏葉的其中一種活性成份——樹脂,對酪氨酸酶有顯著的啟動作用。促進黑色素的合成,達到烏黑頭髮的效果。側柏葉總黃酮能啟動黑色素細胞和促進局部的微循環,使毛髮生長能力開始衰退的毛囊能再次進入生長期。

市面上常見的有:側柏葉洗髮水。

黃芪

傳統中醫藥認為，黃芪藥性偏溫，具有良好的補氣作用。人體當中的氣和血能互相滋生，當氣充足能生成血，同時血為髮之餘，説明頭髮的生長離不開血的滋養。所以傳統中醫理論認為，當氣血充足，頭髮才能健康生長。

現代研究也發現，黃芪當中的活性成份——黃芪多糖具有生髮作用，能促進毛囊幹細胞的增殖。多種的活性成份更能增加清除自由基、皮膚細胞新

陳代謝速度和抗菌作用，從而有減低自由基加快毛
囊細胞的衰老，促進新髮的生長和抑制細菌入侵頭
皮，從而防止脫髮和減少頭屑產生的效用。

　　同時傳統中醫藥認為黃芪具有托瘡生肌的作
用，應用於身體氣虛及體虛，傷口難以癒合等。現
代醫學研究顯示黃芪提取液用於皮膚，可增加皮膚
羥脯氨酸含量，增加皮膚膠原蛋白的含量，從而增
加皮膚的彈性，表現出抗皺效果。

　　市面上常見的有：黃芪洗頭水、精華素及面
霜。

黃芩

黃芩藥性偏寒，具有清熱燥濕、瀉火解毒的作用。臨床外用多用於瘡瘍腫毒及濕疹。

濕疹是皮膚表層炎症的反應，急性時期皮膚會出現痕癢、紅腫、水泡，嚴重更會滲出組織液，其後轉為慢性時期，皮膚會變厚變深色、乾燥、帶皮屑脫落及痕癢，一旦搔抓，厚皮屑被抓破，再次出現紅腫及滲出組織液，處理不當更會令皮膚受感染，令情況更嚴種，濕疹情況會不斷惡性循環。

西方醫學認為濕疹的引發，有多種原因包括：某些食物、藥物、皮膚長期摩擦、接觸刺激物料或物質、真菌感染的反應、塵蟎、壓力情緒等多種不同因素所影響。

傳統中醫理論認為，濕疹患者多為肺脾腎虛；過敏性體質的人士多易患有濕疹，這種體質人士多為肺、脾、腎三臟功能失調，出現虛證，容易受外

界刺激所影響。或患者體內濕熱過盛、血熱無法排出，溢積於皮膚表面，引發濕疹。及血虛風燥型；血虛令皮膚得不到濡養，皮膚較為乾燥，血虛易化熱及風，形成風燥，令皮膚出現乾燥及痕癢。

　　黃芩有清熱燥濕、瀉火解毒的作用，在現代研究分析顯示，黃芩能夠有效抑制炎性細胞的活性，消除人體內過多的炎性因數，降低炎症反應。同時黃芩通過黃酮類物質減少表皮細胞醋酸的合成，可降低疼痛信號的傳遞，起鎮痛的效果，舒緩患處的腫痛不適，從而減低患者抓傷皮膚，令情況惡化。黃芩也具有抑制皮膚上的真菌及細菌生長，減低濕疹傷口受感染機會。黃芩當中的漢黃芩素有色素沉澱抑制的作用，有助減輕濕疹皮膚色素沉澱，膚色變深的徵狀。

絲瓜絡

絲瓜絡是一種天然物理性去角質的中藥，其結構是層層疊疊的天然纖維質，乾燥時質地堅硬，但一遇到水後會軟化及具彈性，能溫和接觸肌膚。

角質層由死的角質細胞所構成，位於身體表皮的最外層屏障，主要作保護性質，保護肌膚免受外界刺激及減低水份流失。但是隨着年齡日漸增加，新陳代謝速率開始變慢，角質層較不容易正常脫落，一旦過度堆積於肌膚上，皮膚會變得粗糙、暗沉、膚色不均、毛孔阻塞等情況。

適當地去角質是皮膚保養的其中一環，能減低皮膚的負擔，同時能增加皮膚對化妝水、精華、面膜等保養品當中的保濕成份的吸收。

緊記正在敏感、發炎、濕疹、其他皮膚疾病、有傷口的人士，都不應進行任何去角質活動，同時健康的肌膚也千萬不要過度去角質，避免因此嚴重破壞角質保護屏障，導致適得其反。

DIY

絲瓜絡

準備材料：黃褐色的老絲瓜。

製作方法：

1. 把絲瓜的外皮除掉。

2. 用水洗掉表面黏液。

3. 用拍打方式，除去在內的絲瓜種子。

4. 用手壓去大部份的水份。

5. 放置在陽光乾燥環境下曬至乾透。

使用方法：

濕水使絲瓜絡變軟，輕輕於皮膚表面打圈，作磨砂用途。

漢方草本──混合中藥外用品

漢方草本衛生巾：我們身體有一個部位的皮膚是特別柔嫩敏感，需要加以呵護。市面上會找到由台灣或韓國出產的漢方草本的衛生巾，供女性多一個選擇。衛生巾中常見會加入艾葉、益母草、當歸、香附、魚腥草、薄荷、冰片、金銀花等萃取精華，這些中藥本身都具有獨特的香氣，能減輕月經期間的異味。而月經期間，長時間使用衛生巾，容易製造一個悶熱又潮濕的環境，供細菌有機會大量繁殖，誘發特別部位出現痕癢、異味等不適。魚腥草、薄荷、冰片、金銀花，這些中藥有一定的抑菌作用，能減低細菌滋生，故有抗菌作用的衛生巾，能對敏感肌膚加以保護，同時勤換衛生巾也是很重要的一環。

而香附、當歸、艾葉、益母草，從中醫藥角度來看這些中藥藥性均屬偏溫，溫熱的性能具有祛寒

活血止痛的性質，常入藥用於婦科治療月經不調、
宮寒經痛等不適。

在正常月經期間，身體會釋放抗凝血物質，讓
經血能順暢排出子宮及陰道，但當月經量最多的時
候，抗凝血物質不足或沒有足夠時間起作用，血栓
就會容易形成，像啫喱狀的暗紅色血塊，而血栓的
出現也經常伴隨痛經。

有藥理研究指出艾葉、益母草等有抗血栓形成
的作用。

而香附、當歸、益母草對於子宮平滑肌過於頻
繁和強烈的收縮具有抑制作用，從而有舒緩經痛的
功效。

漢方草本暖熱貼：市面上有利用中藥的獨特氣
味，以生薑、肉桂、艾葉等作為香料，加入於發熱
的產品中。《神農本草經》及其他中醫專著中，都有

對芳香類植物能聞香治病，芳香除穢辟疫的記載。

冬天天氣寒冷，容易因保暖不足或抵抗力較差時受涼而感染風寒。除了穿夠禦寒衣服及喝熱飲，使用暖包或發熱貼，也是一種很好的保暖措施。

利用生薑、肉桂和艾葉加入暖包中，除了取其芳香氣味，也另有特別之處，古時民間各處已善用具有濃烈香氣的艾草以煙燻方法，作驅除害蟲、消毒等用途。現代藥理研究也顯示，艾葉煙燻及艾葉揮發油對於細菌、病毒和真菌都有殺滅或抑制作用。

而肉桂其獨特的氣味，已普及應用於日常生活中的食品調味、化妝品、香油、殺蟲劑、口香糖等。藥理研究指出，肉桂及肉桂揮發油都有良好的抑菌效果。

生薑同樣應用廣泛，加入食物中能起散寒及防腐作用，而加入外用潔膚品中，能刺激血液循環，

幫助肌膚新陳代謝。除此之外，有研究顯示，生薑也有很好的體外抑菌作用。

發熱貼除了保暖，本身所釋放的熱力，用於不同的身體位置，如肌肉疼痛，能促進局部位置的血液循環，加速組織新陳代謝，幫助乳酸或炎性物質代謝，有助身體修復。對於經痛方面，發熱貼的熱力能緩解子宮的強烈收縮，減輕疼痛，同時有助經血排出。

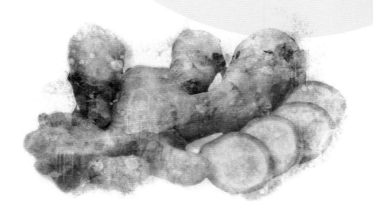

Chapter 10

慎用的
外用中藥

我們幾乎每天都會在皮膚上使用化妝品或美容保養品，是一種長期性的接觸，所以產品必須是安全無疑，同時我們需要清楚了解產品的成份內容，避開一些存在風險及有機會引起各種皮膚不適的成份，才能健康地提升皮膚的素質及對抗皮膚的衰老，不會愈搽愈衰。

白芷——光毒性

在中醫藥角度，白芷藥性偏溫，外用有消腫排膿的作用。

多部古代書籍也記載，民間也常用七白散或白芷粉末塗身，作潤肌美白之用。

但現代藥理研究則顯示，白芷當中呋喃香豆素成份具有光毒活性。當塗抹於皮膚上，接觸到紫外線照射時，會刺激皮膚出現紅腫、脫皮、水泡、色素加深、日光性皮炎等損害皮膚現象。而每個人的皮膚狀況、對藥物反應程度、用藥時間的長短、使用份量、接觸紫外線的時間等多個未知因素都不相同，有可能引起更嚴重的皮膚反應，如抑制免疫反應和引起皮膚癌等情況。

如註冊中醫師為了治療疾病，對個別的患者處方含白芷的外用藥，也應提醒及通知患者避光，注意用藥時間，留意皮膚反應等措施，以避免光毒性的危害。

生半夏——刺激性

在中醫藥角度，生半夏藥性偏溫，有毒性，外用有消腫止痛的作用。

2015 年版中國藥典指引，生半夏外用適量，磨汁塗或研末以酒調敷患處。市面上有書籍教授製作及售賣含半夏手工皂產品。

但我們需要注意，如果使用生半夏為材料，生半夏中含刺激性成份為草酸鈣針晶。針晶極長細和質地堅硬，如針狀，會直接刺激皮膚黏膜，導致細胞破壞，釋放出大量的炎症介質，從而引起皮膚刺激性、過敏性、炎症反應及壞死性皮炎等皮膚損害。

但草酸鈣針晶可以透過各種炮製如：水煮、薑製等方法降低其含量，以減低刺激性，當中刺激性最強為生半夏，其次是法半夏，再者為薑半夏，最低為清半夏。

中國內地已禁止半夏應用於化妝品內。而以治療疾病為目的，由註冊中醫師處方外用含生半夏的中藥，應慎重注意用藥量及用藥時間，及提醒患者緊密留意皮膚反應，如有任何不適，應及時通知註冊中醫師。

含石棉的滑石粉——致癌性

滑石屬最軟的礦物質，其粉末質地細膩幼滑。市面上被廣泛應用於化妝品、食品、醫療、工業等多個範疇。於化妝品方面，滑石粉常見添加於爽身粉、化妝粉餅、眼影、碎粉中，主要作為阻隔紅外線的作用，加強化妝品的防曬及抗紅外線。同時其細滑的質感，加入化妝品內，可改善膚感，使皮膚摸上手也細膩幼滑。傳統中醫藥認為滑石藥性偏寒，外用具有祛濕斂瘡的功效，幫助吸附皮膚的分泌物，保持皮膚乾燥。

　　滑石粉本身性質穩定，沒有充份證據顯示有可能致癌的風險，目前依然存在科學研究爭議。但可確定的是，未經過濾的滑石粉常混有致癌的石棉成份，因滑石常與含石棉成份的礦石一同藏於地底。石棉是天然纖維狀的矽質礦物的總稱，其纖維十分細小，容易被吸入到肺部，引起各類肺部疾病，嚴重可致肺癌。故目前世界上大多國家或地區已訂立法規，要求所有含滑石粉的化妝品都必須經過過濾，化妝品禁止混入及檢出石棉成份。

　　但為保障健康，含滑石粉的產品都應遠離兒童的口鼻，同時避免使用於接近女性生殖器官的位置。

硼砂──毒性

硼砂為傳統中醫藥的外用藥之一，其藥性偏涼，外用具有清熱解毒的功效，臨床上多用於口舌生瘡等不適。

硼砂也常會出現於化妝品、清潔液、殺蟲劑及玩具鬼口水等多類產品。於化妝品及護膚品方面，加入硼砂酸可用作鹼度調節及抑菌，也有防腐劑之用途。

但硼砂含一定的毒性，如果長期接觸硼砂含量較高的產品，有機會透過皮膚吸收，如果有損傷的皮膚，更容易迅速吸收進入人體內，難於排出，容易產生蓄積，一旦積聚量過多時，就會引起毒性等不良反應。

輕粉、雄黃、朱砂、鉛丹、白礬
——重金屬性

輕粉、雄黃、鉛丹、朱砂也是傳統中醫藥的外用藥之一，臨床上多用於瘡瘍，它們分別含汞、鉛、砷、鋁的重金屬成份。

輕粉及朱砂都含汞成份，市面上一些不法生產商或劣質、假冒、受污染的美容產品內含汞成份，因汞能阻止黑色素形成，於短時間內快速美白皮膚，但容易引起敏感及皮膚炎，長期使用更會使臉部色素沉澱。汞透過皮膚吸收，堆積於體內更會引起中樞神經系統的損傷，令五官感覺、記憶力等多方面的減退、及出現掉髮、暈眩、焦慮等汞中毒表現。

雄黃含有砷成份，皮膚接觸會引起紅腫，長時間接觸及堆積於體內，會導致皮膚色素沉澱、皮膚角化、身體疲憊、神經系統損傷，更會增加皮膚、肺、肝等器官患癌的風險。

鉛丹含有鉛成份，一些不良生產商把鉛加入美容化妝產品內，因鉛也能在短時間內表現出美白的效果及使唇膏、眼影等化妝品的顏色更加顯現及持久。但長時期接觸含鉛成份，會導致皮膚色素暗沉、貧血及生育能力、神經系統等受損。

白礬含鋁成份，市面上有以白礬製成的香體止汗結晶產品，當中以鋁成份堵塞汗腺，從而達到止汗的效果。但皮膚長時間接觸含鋁成份，會引起雌激素荷爾蒙分泌紊亂，有增加患乳癌風險的可能。

目前香港沒有就化妝品中重金屬含量制訂有關標準，主要以產品進口的國家或地區的相關重金屬含量標準作參考及指引。

Chapter 11

內服的美容品

——傳統古方美容

七寶美髯丹——生髮烏髮

載自《積善堂方》的七寶美髯丹是傳統延年抗老的經典處方，主要補腎、肝、脾三個臟腑，傳統中醫認為腎為先天之本，負責生長，內藏精氣，精氣能化血，血含有營養物質能滋養各細胞，當體內氣血旺盛，頭髮則自然強健豐盛，精血虧虛，頭髮則容易折斷脫落、幼弱、稀疏、提早變白。故我們可以從頭髮看出腎的健康程度，反之，腎的健康也能從頭髮中表現出來。

頭髮與肝也有密切關係，因傳統中醫認為肝負責疏通及宣洩，調節氣血、津液的運行暢通。一旦肝的功能失調，血運行受阻無法到達頭皮細胞及毛囊，頭髮無法得到滋養，而變得軟弱及枯燥。同時肝的疏泄功能良好，有助調和情緒保持心境舒暢，避免受到壓力、抑鬱及煩躁等不良的情緒影響，引起脫髮及白髮。

而脾負責吸收及運化從食物中分解的營養物質及水液，一旦脾功能虛弱，吸收及運化不良，令毛囊及頭髮未能得到足夠的營養，同時體內水液容易積聚，形成濕，水濕過量蓄積化熱，釀成濕熱外溢皮膚，刺激皮脂大量分泌，過多皮脂容易堵塞頭皮毛囊，及有助細菌滋生繁殖，出現頭皮痕癢、頭瘡及脫髮的現象。

七寶美髯丹由七種中藥所組成，君藥的製首烏，藥性偏溫，能滋補肝腎、益精血、生髮烏髮。臣藥的牛膝、菟絲子、枸杞子及補骨脂，與製首烏一同雙補腎之陰陽，及補益氣血。而佐藥的茯苓和當歸，能利水滲濕及活血補血。七組中藥互相配合及加強，表現出補肝腎、益氣血，烏髮強髮的功效。現代臨床也有用來治療頭髮早白及脫髮的研究。

以下情況不宜服用

補虛中成藥易阻脾胃及生濕，故體虛但有氣滯或濕盛症狀者不宜服用。	氣滯	胸悶
		經常打嗝
		肚脹
		乳房脹痛
	濕盛	大便黏濕，難以排出
		浮腫
		睡眠易流口水
		口渴，卻不想喝水
		頭面容易出油
		頭重昏倦
患感冒者不應進補，以免「閉門留寇」，讓病邪困於體內，使病情惡化及延誤康復。	感冒	發熱怕冷
		頭痛
		咳嗽
		流鼻涕
		鼻塞
		喉嚨痛
懷孕期間服用藥物應特別小心，需向註冊中醫師查詢。	孕婦	

桃紅四物湯——化瘀淡斑

桃紅四物湯出自《醫宗金鑒・婦科心法要訣》，由當歸、川芎、白芍、熟地黃、桃仁及紅花所組成。具有養血活血，通絡調經，祛瘀止痛的作用，臨床上主要用於血虛兼血瘀證，是很出名的活血化瘀的經典方劑。近年現代臨床研究開始應用於皮膚，如黃褐斑等色斑問題上。

黃褐斑是色斑的一種，主要受紫外線及荷爾蒙所影響，色素於面部沉着，出現大小及形狀不一的黃褐色或啡色的斑片，並發生於女性的幾率較大。對於各種色素沉着，當身體的新陳代謝運作良好，黑色素就會隨皮膚代謝除去，否則就會一直沉澱在皮膚。

傳統中醫認為，氣血互相滋生，血盛載着營養物質，氣推動血運行至各身體部位，當氣血充足，新陳代謝良好，各細胞能吸收到營養，並有效排走

代謝廢物，面部氣色自然紅潤光澤。若果身體出現血虛氣滯、血瘀，面部就會顯得暗啞乾燥及容易出現色斑等現象。

而桃紅四物湯中的當歸、熟地黃及白芍，都具有補血的功效，而當歸、川芎、桃仁和紅花都具有活血的作用。而川芎更有行氣的作用，桃仁和紅花則具有較好的祛瘀功效。

現代研究也指出桃紅四物湯能改善微循環，同時增加血管活性物質及體內血清超氧化物酶（SOD）活力，促進自由基消除，減低日光照射後對皮膚的損傷及有着抗衰老的作用。

以下情況不宜服用

補血藥多陰柔膩滯，故濕盛者不宜服用。	濕盛	大便稀爛
		浮腫
		睡眠易流口水
		口渴，卻不想喝水
		頭面容易出油
		頭重昏倦
藥性多溫熱，如有內熱會加重不適症狀。	陰虛發熱	手心腳心發熱
		午後潮熱
		煩躁
		多夢
		口乾口渴
		尿少色黃
此中成藥具有活血功效，會加重出血病情。	血崩氣脫	小產
		月經大量出血
		非行經期間陰道出血
		神疲乏力
		面色蒼白
懷孕期間禁止服用活血功效藥物，會引致流產。	孕婦	

加味逍遙散──清熱疏肝除壓力瘡

加味逍遙散出自《內科摘要》，方劑中的名稱──逍遙，希望人們能處於一個自由自在、無憂無慮的一種輕鬆的心境。對於都市人每分每秒處於一個精神緊張、重大壓力、憂慮的精神狀態下，波動的情志容易使肝負責疏泄的功能失調，引起肝鬱氣滯，長時間的肝鬱容易生，熏灼肌表，凝滯氣血，形成壓力瘡。同時跟隨病理傳遞轉變，木盛克土，肝為木，土為脾，會抑制脾的功能，脾負責吸收及運化的功能變差，出現胃口欠佳，食小腹脹及水液運行不順暢，水液容易積聚生濕，出現水腫，同時水濕化熱，刺激皮脂分泌增加，使油光滿面。

西方醫學也認為，壓力過大、精神長期繃緊、睡眠不足、作息不規律都會使內分泌失衡，體內雄性荷爾蒙增加，刺激皮脂分泌旺盛，堵塞毛囊引起發炎，出現壓力瘡。

同時傳統中醫認為，女性以肝為先天，肝能藏血，負責疏泄，把血液疏泄至沖任二脈，成為經血。故肝失疏泄，引起暗瘡之餘，還會引起經期不穩定，經血量變小等現象。

加味逍遙散由當歸、茯苓、梔子、薄荷、芍藥、柴胡、甘草、白朮、牡丹皮和煨薑所組成。柴胡能疏肝解鬱。當歸、白芍能養血平肝，補血活血。牡丹皮、梔子能清熱涼血。薄荷能舒緩肌／表的紅腫，發熱。茯苓、白朮能健脾利水，舒緩水腫。煨薑能溫經行血。整體具有疏肝解鬱，清熱養血，調經的功效。

以下情況不宜服用

藥性多溫熱，如有內熱會加重不適症狀。	陰虛發熱	手心腳心發熱
		午後潮熱
		煩躁
		多夢
		口乾口渴
		尿少色黃
此中成藥具有活血功效，會加重出血病情。	血崩氣脱	小產
		月經大量出血
		非行經期間陰道出血
		神疲乏力
		面色蒼白
懷孕期間禁止服用活血功效藥物，會引致流產。	孕婦	

三白湯──美白祛斑治暗瘡

載自明代李梃的《醫學入門卷三・傷寒用藥賦》的三白湯，主要由白芍、白朮、白茯苓所組成。當時臨床上主要用於虛煩、肚泄或經常口渴的症狀。後來發展流傳，開始利用三白湯作為調理內在，從而達到美白祛斑或用於治療脾胃虛弱型暗瘡的美容方劑。

白芍，藥性偏寒，具有養血調經，平肝止痛，斂陰止汗的功效，主要對於虛證：

- 血虛引起的月經不調、經血量偏小和痛經不適；

- 陰虛所引起的夜晚入睡後無緣無故地出汗，稱之為盜汗；

- 其偏寒的藥性同時能舒緩陰虛所引起的內熱症，如出現手心發熱、潮熱、心煩、午後面紅的不適。

　　白朮，藥性偏溫，具有補氣健脾、燥濕利水、止汗、安胎的功效。主要對於虛證：

- 脾虛：脾主消化吸收食物的功能虛弱，導致食少腹脹肚瀉；孕婦的脾胃虛弱，吸收營養較差，使胎兒營養不足，影響發育。

- 氣虛：氣主推動水濕運行的功能虛弱，導致體內的水濕停滯，出現水腫的現象；氣虛使衛氣不能穩固肌表，於靜態時仍然大汗淋漓，稱之為自汗。

　　白茯苓，藥性平和，具有利水滲濕，健脾安神的功效。主要對於虛證：

- 脾虛：脾主運化的功能虛弱，導致體內水液積聚，出現的各種水腫，並透過利小便把體內多餘水濕排走；

- 脾虛：脾主消化吸收食物功能虛弱，導致因營養不足出現體形消瘦及疲倦乏力；

- 心脾兩虛：心主神，脾藏意的功能虛弱，導致多夢易醒，發噩夢，醒後不能再睡的不良睡眠質素。

　　有現代研究顯示內服三白湯能用於脾胃虛弱型暗瘡。暗瘡的形成主要由於皮脂分泌過多和角質細胞一起堵塞毛囊所引起的。透過減低皮脂分泌過盛，能有效降低暗瘡的出現。傳統中醫認為，脾主運行體內水濕，當脾的功能失調，體內容易積聚水濕，長期會演化成熱，形成濕熱刺激皮脂分泌。故應從內改善及強化脾胃功能。選用三白湯，因當中的白朮、白茯苓都具有良好健脾、強化運行水濕的作用，同時有利透過小便，快速祛除體內的水濕。而當中的白芍，利用其寒性舒緩體內的熱症。再加上白朮，一個補氣，一個補血，氣血充足，皮膚就有良好的新陳代謝同時有助皮膚修復。

　　內服三白湯可用作美白祛斑。現代研究顯示，茯苓具有抗衰老、美白祛斑的美顏作用，因茯苓的活性成份茯苓多糖和茯苓三萜，能提高體內清除自由基及抗氧化的能力。同時茯苓多糖能抑制促進黑色素合成反應的酪氨酸酶活性，從而減少黑色素生成，達到美白祛斑的功效。同時白朮中的活性成份白朮多糖，都具有抗衰老作用。及白芍能調節機體微循環，加快皮膚新陳代謝，使黑色素隨着細胞形成角質而脫落，使皮膚由黑變淺，從而達到美白效果。

以下情況不宜服用

患感冒者不應進補，以免「閉門留寇」，讓病邪困於體內，使病情惡化及延誤康復。	感冒	發熱怕冷
		頭痛
		咳嗽
		流鼻涕
		鼻塞
月經期間應謹慎用藥，應向註冊中醫師查詢。	月經期間	
懷孕期間服用藥物應特別小心，需向註冊中醫師查詢。	孕婦	

六味地黃丸──抗衰老

六味地黃丸是傳統滋陰補腎的經典處方，能補腎陰、益精髓。傳統中醫理論認為，腎為生命之根源，主骨生髓通於腦，與人體的生長、發育及衰老有直接的關係，當腎氣旺盛，則長年益壽，腎氣衰弱，則出現各種衰老現象。

而腎氣可分為腎陽及腎陰，腎陽為人體中陽氣的根本，腎陰為人體中津液的根本。六味地黃丸主要補腎陰，當腎陰不足，會引起腰膝痠痛、頭暈、耳鳴，並同時出現火旺症狀，如口乾、煩熱、手足掌心發熱出汗、睡覺的時候出汗、大便乾燥質硬等現象。

六味地黃丸，由六種中藥所組成，包括熟地黃、山茱萸、山藥、澤瀉、茯苓、牡丹皮。熟地黃具有滋陰補腎，增精益髓的功效，山茱萸能補養肝腎，山藥能補脾，三藥相互配含，同時補益肝、脾、腎三臟腑，但具補益功效的藥多數具有滋膩的

性質，容易阻礙脾胃運化，從而容易引起生濕、膩滯的副作用。故處方中還加入澤瀉及茯苓，發揮利濕作用，消減熟地黃等補益藥的滋膩，而牡丹皮有助舒緩陰虛而引起的虛熱不適。六味中藥完美配合使用，表現出三補三瀉，以補為主，但又能防止滋補藥滯膩之弊。

傳統臨床以治療陰虛為主，現代臨床實踐研究中，則發現六味地黃丸能增加人體免疫力、調節內分泌、抗衰老、抗疲勞等藥理作用，對更年期綜合症及亞健康狀態等有療效。

對於增強免疫力方面，研究顯示六味地黃丸能啟動細胞免疫及抗體生成反應，提高細胞免疫功能，促進扁桃體細胞誘生干擾素，提高血清干擾素水準。

而抗衰老的方面與六味地黃中富含鐵、錳、鋅、銅等多種微量元素有關，因微量元素對核酸、

蛋白質的合成，對細胞的呼吸、分裂和增殖以及新陳代謝、免疫過程等都有直接作用。同時六味地黃丸還有很好的清除自由基、改善體內自由基代謝作用，從而達到抗氧化、抗衰老。

及透過調節下丘腦─垂體─卵巢軸的功能，提高雌激素水準、調節內分泌系統作用。改變雌激素不足所引起皮膚乾燥、彈性減少、皺紋增加、色素沉澱、掉髮、胸部下垂、傷口復原較慢等衰老現象。

以下情況不宜服用

藥性滋膩，容易阻礙消化功能。	脾虛泄瀉	不思飲食
		食少腹脹
		腸鳴
		腹痛
		大便次數多
		大便稀爛
此中成藥具補腎陰功效，如腎陰已充足，會使陰氣過於旺盛，出現陰陽失衡，陽氣更加受損。	腎陽虛	腰膝痿軟
		畏寒怕冷
		健忘
		夜尿頻多
		宮寒不孕

Chapter 12

中藥美容
注意事項

- 使用或服用含中藥成份的產品前，應向中醫師諮詢

- 使用任何保養品前，都應進行局部皮膚敏感測試

- 如有任何不適，應立即停用及就醫

- 外用產品切勿接觸眼睛

- 皮膚過敏者慎用

- 孕婦慎用或禁用

- G6PD 缺乏症人士禁用

- 中藥敏感者禁用

- 外用藥禁止食用

www.cosmosbooks.com.hk

書　名　女生必讀：美容養生之秘本
作　者　黃願瑾
責任編輯　王穎嫻
美術編輯　郭志民
出　版　天地圖書有限公司
　　　　香港黃竹坑道46號新興工業大廈11樓（總寫字樓）
　　　　電話：2528 3671　傳真：2865 2609
　　　　香港灣仔莊士敦道30號地庫（門市部）
　　　　電話：2865 0708　傳真：2861 1541
印　刷　美雅印刷製本有限公司
　　　　九龍觀塘榮業街6號海濱工業大廈4字樓A座
　　　　電話：2342 0109　傳真：2790 3614
發　行　香港聯合書刊物流有限公司
　　　　香港新界荃灣德士古道220-248號荃灣工業中心16樓
　　　　電話：2150 2100　傳真：2407 3062
出版日期　2021年7月初版•香港